布老虎中篇小说

流淌火

李司平 著

北方联合出版传媒（集团）股份有限公司
春风文艺出版社
·沈阳·

图书在版编目（CIP）数据

流淌火 / 李司平著．—沈阳：春风文艺出版社，2022.8
ISBN 978-7-5313-6269-2

Ⅰ．①流… Ⅱ．①李… Ⅲ．①中篇小说—小说集—中国—当代 Ⅳ．①I247.5

中国版本图书馆CIP数据核字（2022）第080193号

北方联合出版传媒（集团）股份有限公司
春风文艺出版社出版发行
http://www.chunfengwenyi.com
沈阳市和平区十一纬路25号　邮编：110003
辽宁新华印务有限公司印刷

责任编辑：韩　喆		助理编辑：周珊伊	
责任校对：陈　杰		封面设计：关　关	
印制统筹：刘　成		幅面尺寸：130mm×185mm	
字　　数：130千字		印　　张：7.25	
版　　次：2022年8月第1版		印　　次：2022年8月第1次	
书　　号：ISBN 978-7-5313-6269-2			
定　　价：32.00元			

版权专有　侵权必究　举报电话：024-23284391
如有质量问题，请拨打电话：024-23284384

目录

流淌火 / 001

猪嗷嗷叫 / 092

飞将在 / 162

流 淌 火

一

全无借力,一条蛇吐着芯子从瓦片的缝隙中探出来,在高高的屋檐上练习飞行。

我看见这条飞翔的蛇着陆的时候在栏杆上摔断了七寸,翻白的肚皮像鱼闪闪发光的鳞。一只硕大的老鼠挣破木箱,黑白斑斓的身子,拖着长长的尾巴,像蛇一样曲线爬行。我还看见另外一只同样硕大的老鼠撞碎墙壁,耳朵毛茸茸的像蒲扇,透着肉色蒙蒙的光,尖尖的嘴巴上两颗门牙长而利,胡须微微颤动,像锃亮的钢丝。老鼠黑色的眼睛似葡萄，圆而鼓，透着幽幽的蓝光，神秘而惊慌。然后我看见密密麻麻的鼠群、蛇群涌出来，潮水一样。鼠群在地上流淌，丝滑的毛皮上有流动的光。蛇群在鼠群的背上昂首挺胸，咝咝咻咻，血红的芯子分叉开来，像极了一撮一撮的小火焰。

我在鼠群和蛇群来临的时候绷紧身体，它们穿过我身体的时候我打了个冷战。

二

五岁的时候我意识到撒尿是自己一个人的事情，我妈教会我男孩子嘘嘘的时候要站直了自己拉下裤子"自力根生"。六岁的时候我开始意识到尿床是个极为不雅的毛病，我开始知道脸红的时候其实是最没脸的。二十多岁，我仍旧锲而不舍地坚持尿床，不过这个时候已经不会脸红，而是习以为常之后的灰心丧气，有脸没脸都是一个样。尿床其实并不可怕，最令人绝望的是我的每一次尿床都尿得那么有据可循，富有征兆。我的梦里总会有那么多的蛇群和鼠群，甚至于往后我在现实中见到老鼠和蛇都会膀胱一松从而失禁。我一度怀疑我胆小如鼠，可我从小又是我们这片儿天不怕地不怕出了名的混世魔王。五岁我拿着"落地响"将我们幼儿园的孩子吓得哭爹喊娘，六岁的时候一年级，过家家玩打仗，我就敢揣着满兜的小鞭炮和一盒火柴，率领我们一小的孩子向隔壁二小的孩子发起猛烈进攻。

我妈在洗床单晒褥子的重复操劳中无奈而又委屈，警告道："再敢尿，就把它割下来喂狗。"我害怕得用手紧紧捂住，时刻保护好。可到晚上该怎么尿还是怎么尿，尿得有风格，尿得展现个性。一三五尿得略黄，二四六尿得其貌不扬，还空出来一天没床单可以换了，我妈给我铺了张塑料薄膜，当晚就被捂出痱子起疹子，于是我住进了医院专尿白床单。护士姐姐很漂亮，还是个文学青年。看着我留在床单上的版图灵感突发："啊，孩子们在描绘美好的未来。"后来估计是护士姐姐灵感枯竭词穷了，也兴许是我尿床尿得过于突出，护士姐姐不耐烦了，弹了我一脑瓜嘣，恶狠狠地说："再尿，就把小鸡鸡用橡皮筋扎起来。"于是那天晚上我终于没尿在床上了，我半夜溜到护士站，尿在了她们的水杯里。

混世魔王是不能有弱点的，况且尿床这毛病侮辱性极强。我先后去过好多家医院问诊，十岁之前医生说可能是膀胱太小，吩咐我妈回来给我灌水训练我憋尿。十六七岁的时候医生说这个年纪很正常，不是遗精就是遗尿。长大成人之后再去看，医生饱含同情地说现在的年轻人生活工作的压力太大，尿一尿也挺好。科学无果，先后也找过神婆若干，装神弄鬼请了"仙儿"，"仙儿"翻翻白眼说这不是做梦导致尿床，而是惹了脏东西得了癔症。随即画符念咒施展法术又唱又跳，可请的"仙儿"都够组一支队伍跳广场舞了，我该怎么尿还是怎么尿。正所谓山中无老虎，我尿床是大王。我这尿床的功夫可是深得请"仙儿"的神婆们喜欢，我们这地界上有拿童子尿煮鸡蛋的传统。口耳相传中，这用童子尿煮出来的鸡蛋滋阴壮阳有大补之功效。而我这尿床大王就更了不得，童子尿易得，而童子的夜尿难找。夜尿是啥？神婆们神秘地打着噱头说："童子的夜尿是夜老母赏赐的圣水。"小时候放学路上神婆们会拉住我，有时塞袋麦丽素，有时塞根火腿肠，随即递过来一个汽水瓶，说："尿床上糟蹋了，给点？"我盛情难却，边用牙撕开火腿肠的包装边说："那就给点。"将汽水瓶拿回来，调一个半夜的闹钟，到点了起来尿满。

最令我想不通的，这半夜起来也尿了，可我尿床这毛病依旧是一顿都免不了。

这世界上倘若有一千种以上治疗尿床的偏方，在我这个尿床大王身上至少用过五百种，皆以失败告终。最早用在我身上的偏方是爸从监狱里带回来的，来源于和他一个监室的云南狱友。我对我爸一直没什么好感，他在我刚开始记事的童年里空白了四年，出狱回家来的时候我看他就像是在看陌生人。更加可恶的是，他回来的第一件事情就是执着地要治好我的尿床。偏方的宗旨基本上没偏离中国人吃啥补啥的那一套，药基是一只猪尿泡，配合着杂七杂八十几味中药，再添点生姜或者草果引药入经。有时料配得好，猪尿泡的味道还挺好，像香卤腱子肉，口感也不错，比猪肚都还要筋道。只不过治疗我尿床，基本上没什么效用。

后来换了个偏方，还是以猪尿泡为药基，不剖不洗，扎紧尿管盛着猪尿直接放在炭火上炙烤。待到慢火烤至色泽金黄圆滚滚，撒点云南白药作为引子。这次味道就实在不敢恭维了，又苦又腥又臊，我捂着鼻子坚决不肯下嘴。

于是我爸做出妥协，允许蘸点孜然辣椒面。

好嘛，口感立马就提升了一个档次，嘎吱嘎吱嘎嘣脆。

我爸之所以做出妥协，是留了后手。这炭烤猪尿泡治疗的偏方还有一个重要环节，那就是要等着尿床者吃得正香之时，趁其不备拎起一只蘸满香油的汤勺抽在嘴上。至于原理，不知，反正听着就不科学。那时候我刚赶上换牙，我爸一汤勺挥过来的时候，直接给我干飞了两颗门牙。我疼得捂着嘴巴满地打滚,我妈跟我爸爆发了自我爸出狱以来最严重的一次争吵。我妈说:"虎毒还不食子,别以为坐了几年牢出来真成王八蛋了。"

我爸一再解释说:"这是偏方治尿床。"

我妈把我护在怀里,警告我爸说:"我的儿子,想怎么尿就怎么尿,尿塌了床有我顶着。"

再无后顾之忧,从此我尿得随心所欲无拘无束肆无忌惮,在床上睡觉在床上尿,在沙发上睡觉在沙发上尿。可总不能这么一直尿下去,大小伙子的多影响个人形象。尿床最直接的后果是,高考后我以还算优异的成绩去读了我们家隔壁专科学校的护理专业。没人理解我到底咋想的,其实隐私这事也用不着拿出来让别人理解。

我总不能去外地念个大学还要穿个尿不湿睡觉吧。

上了大学,我作为本地人的优势就充分展现出来了。我就是那传说中大隐隐于市的低调"迁二代",我们大学的田径场以及毗邻的消防中队,好大一块地,以前都是我们家的。这样的背景下,其实我是不用愁找不到女朋友的,那么多眼睛擦得雪亮的女同学乌泱泱向我拥来。

但是这样的事情多了,总觉得虚无,虚无多了就感觉对不住。况且我尿床这事在女同学之间已经开始小范围传播,太影响个人形象。所以不能再这么下去,我决定找一个真爱,以后就算再尿也要尿得站位明确尿得有重点,最好能只尿一个人,绝不能再滥伤无辜。

于是我找了王晓慧,她是我们的女班长,责任心极强。

王晓慧可一点都不好追,作风传统正派,冷冰冰的有股子傲气。真打算好好谈一场恋爱了,我也就刻苦用心地找她谈了一个学期的学习,期末的时候我竟然拿了个优秀学生的红本本。我终于有理由请她吃饭,于是跨年夜晚上我和王晓慧水到渠成地达成深入了解的共识。只不过我半夜尿床的时候还是不可避免地将她给浇了,王晓慧把我给揪了起来,坦诚相见面对面坐在床上,场面像是在开会。王晓慧一脸严肃跟我说:"这种重要的场合你怎么可以尿床呢?"我又困又无奈还有点委屈,说:"我都尿十多年了。"王晓慧扑哧一声笑了,亲了我一口说:"以后没有我的批准,不准尿。"

我口头答应说"好",但是该尿的时候一顿没跑。

我爱王晓慧,王晓慧也爱我。我们确定恋爱关系的第二个月开始同居,地点在学校门口我家的那栋出租房。我尿床的时候王晓慧也面色绯红娇滴滴说:"我,我也想尿。"然后我们一起在顶楼天台上穿着短裤晒床单被套,顺便看一看楼底下消防中队的消防员上蹿下跳进行训练。消防中队的训练场紧邻着我们学校田径场，一三五的早上消防员都会到我们学校田径场进行负重体能训练。每个季度消防队都会在训练场进行一场消防大比武，消防实操在中队训练场，负重长跑借用我们学校田径场。那场面难得一见，我家的楼顶是最佳观赏位置。消防员们有时背着灭火器扛着梯子，有时背着消防水管扛着破拆器，甚至有时戴着呼吸器拉练五公里。他们训练完了以后趴在田径场边的小树林嗷嗷吐，场面很滑稽。我忍俊不禁了，王晓慧一脸认真看着我："不准笑，有能耐你也去跑。"

　　王晓慧不愧是个称职的女班长，她决定对我负责，一定要治好尿床的毛病，生拉硬拽地带着我去看老中医。那老中医是王晓慧的同乡，店就开在消防中队对面的巷子里，挂满了锦旗，专治疑难杂症。那老中医抬头扫了我一眼就煞有其事断出了病根，说是肾精不足导致的夜间遗尿。不过他看在王晓慧是他同乡的分上没给我大包大包抓药，而是交代王晓慧回去用牛鞭炖当归给我补一补。确实，自从王晓慧给我炖了牛鞭之后我就没有再尿过床了。王晓慧说："感谢我吧，亲手治好了你的尿床。"我说："宝贝你真好。"

可我知道，我突然不尿床的原因绝对不是牛鞭汤。小时候我妈为了治我的尿床，猪马牛羊鞭都试过了，甚至还托朋友从俄罗斯弄来一罐用熊胆泡着的熊鞭。我想，我突然不尿床的原因只能有一个，那就是因为王晓慧。我们在房间里使用热水棒烧水洗澡，热水棒短路着火把窗帘点着的时候，我看着越蹿越高的火苗被吓得手足无措哭爹喊娘。王晓慧比我沉着冷静，先跑去关了电闸，然后去楼梯间拿来灭火器对着起火的窗帘一顿喷。火被灭掉以后我才发现我被吓得尿了裤子，我浑身打着摆子依偎在王晓慧怀里睡了一夜。早上起床的时候王晓慧说她手麻，我惊异地发现我破天荒地没有尿床。从此我开始对王晓慧产生依赖，睡觉的时候我抱着她，她紧紧地贴着我，我感到了前所未有的踏实和安心，我经常在梦中遇到的那些蛇群鼠群没有了踪影。

我又开始尿床是在大学的最后一年。

那时候学校组织出去实习，安排了几辆大巴车送我们去广东的电子厂里。我们是学护理的，说是实习，其实就是去厂里打螺丝。说是打螺丝，其实是学校那几个脑袋秃得发亮的家伙想要换车子。看得清本质，我肯定是不会去的，发不发毕业证无所谓，真要敢给我扣了，我本地人自有本地人的路子。我劝王晓慧也不要去，可她是个有责任心的班长，认死理，说她一定要去，帮助组织秩序维持纪律。我愤愤地说："你傻呀，明知道要去打螺丝还要去当任人剥削的傻子。"王晓慧跟我磕上了，说："你才傻，不实习怎么找工作，你是怕苦怕累还是怕到了那边尿床？"我有些窝火，说："工啥作呀，等毕业我就娶你，到时候我养你一辈子。"这可把王晓慧的火给点着了，她说："你爱养谁养谁，我什么时候说了要嫁给你？"

三观出了偏差，冷战了一周，结局就只能是分。王晓慧去广东实习的前一天晚上我们还住在一起，我们点了外卖开了瓶红酒，心平气和像谈判一般四目相对地坐着，举办一场和平分手仪式。真要分手了终究还是有点舍不得，于是我们决定为即将逝去的爱情鼓上一回掌，不过体验感极差。我全程咬着牙，王晓慧始终抿着嘴，动作和姿势都带着浓厚的报复色彩。最后的温存，王晓慧抱着我，我把头枕在王晓慧的胸脯上。这天晚上我又开始尿床，尿得气势恢宏，滔滔不绝。王晓慧被浇醒之后从被窝里跳了起来，甩着手上的尿渍气呼呼地对我吼："你个尿泡子，你就是故意的。"这话把我彻底给激到了，我怒不可遏地扇了她一巴掌："你给老子滚蛋。"

往后，直至大学结束我都没有再见到王晓慧，她的毕业证都是托人拿了给她寄过去的。毕业典礼上她成了典型，学校号召说，要向优秀毕业生王晓慧学习，人家实习的时候就被别的大公司重金给挖走了。我毕业回了家，白天帮我妈拎串钥匙抄水电收房租，晚上回去无拘无束地尿床。日子平淡至虚无，每天尿床对我已经产生了精神和肉体的双重折磨。

我每尿一次床都会疯狂地想念一次王晓慧，王晓慧就是我的第二条命根子。

三

我是在分手的第三年再次遇见王晓慧的，她在我们家对面的消防中队做文职。

当时我蹬着电三轮替我爸去给消防中队的食堂送菜，路过办公大厅的时候一眼就看出了她。王晓慧穿着火焰蓝制服，扎着高高的马尾，化成灰我都认得她。兴许我看愣怔了，电三轮前轮撞上马路牙子四仰朝天地翻了，一旁训练的消防员兄弟就着我的事故即兴开展了一场现场教学。好家伙，其实我只是膝盖擦破点皮。一帮大男人围着我，先是对着我来了一套心肺复苏和胸外心脏按压，本来还要人工呼吸的，可没人下得去嘴。然后教学假设我出了严重事故，腿被轧断了，要如何对我的断肢进行干燥冷藏保存。

好歹邻居，低头不见抬头见的，其实我跟消防中队这帮家伙早就是老熟人啦。

我不想知道王晓慧她为什么会回来，但我知道广东的电子厂不会是她这么轴的人能待的。我所关心的是我的王晓慧她回来了，我深切体会到我的生活绝对不能没有她。王晓慧离开之后我整夜整夜困陷于噩梦之中，梦中的蛇群和鼠群规模扩大，一次一次把我淹没，将我吞噬其中。我尿床的形势也变得严峻起来，白天滴水不漏没有任何尿意，要一直积攒到晚上睡觉才一泡接着一泡连续作战。所以我无论如何都要让王晓慧回到我身边来，一定而且必须。因为我生病了，我的膀胱经受不住昼夜颠倒的大开大合，少数时候我的小腹会刺痛难耐，大部分的时候我已经面部浮肿。

其间我妈托人给我介绍了几个姑娘相亲，各方面条件都不错，都是奔着继承我妈包租婆的衣钵来的。相亲的流程是一步到位的，喝杯咖啡然后就顺理成章转战床上切磋几下，可切磋的时候我无比悲伤地发现我那方面也出问题了。往往还没痛快地过上几招我的尿意就上来了，于是只得喊个暂停，中场休息撒泡尿。几次三番下来严重挫败了我作为男人的尊严，索性我就直接给戒了，往硬处憋，往死里忍。可戒来戒去我才发现王晓慧才是我最大的瘾，尤其在晚上痛快地尿完床之后，那种全身被放空之后的感觉空洞洞的，极致虚无很容易使人毛骨悚然。整个屋子里密密麻麻全是王晓慧，伸手一碰却都是流沙泡影。

我托消防队的哥们替我去打探一下王晓慧，他给我的反馈完全是晴天霹雳一噩耗。王晓慧这几年也没闲着，新找了个男朋友，我们隔壁市消防中队的消防指战员。这给我气得呀，简直头晕目眩，我都没新找，她那么心急火燎要干啥。我在王晓慧下班的路上将她给堵了，有些气急败坏地质问她："你要新找男朋友为啥不提前跟我汇报一声？"

王晓慧白了我一眼，怼我说："你以为你是谁呀？我的事情凭什么要跟你汇报？"

王晓慧将我怼得真应不过来，我说："找男朋友也要找个条件好的呀，找个消防员工资能有多少。"

于是王晓慧斜了我一眼，满脸鄙夷说："我怎么样你管不着，你好好当你的拆二代公子哥包租公，以后请你不要再来打搅我。"其实我气急败坏跟王晓慧说完这话之后立马就意识到我道德滑坡，对消防指战员大不敬了。我恨不得抽自己几个大嘴巴子，抬头再看，王晓慧已经头也不回地走远了。

城中村土著的日子也没想象的那么好，本来是城乡接合部种地活命的农民，没了土地光靠租点房子谋生。按我爸的话说，一次性补千八百万的总会有花完的一天，农民没有了土地就没有了根，往后子孙后代都是无土之木无根之水。况且我们家的情况还有些特殊，当年北市区扩过来要征收土地的时候我爸刚从监狱服刑回来，我家的那块地，也就是现在盖了消防队办公大楼的那块，我爸一根筋地决定要无偿捐赠给消防队。可消防队是万万不敢要，同时土地本来就是国家的，说捐献也不太合理。最终是土地征收款下来了，我爸全部拿出来给消防队捐了两辆云梯消防车。那云梯消防车价格可真是贵得离谱，我家的全部动迁款只够买一辆半，另外半辆是消防队出的钱。当年我爸花重金给消防队捐献设备这事还上过各大报纸和电视台，市政府专门给我爸颁了一个年度道德模范的荣誉奖章。我爸并没有去领这个道德模范的奖章，报社、电视台的记者一大堆人闻着味找上门来的时候，我爸玩起了失踪，避开风头成了街头巷尾纷纷议论的那个傻缺暴发户，实际上他是去云南给我求治疗尿床的偏方了。当年各大报纸对我爸这事做出的报道，后来我专门找来看过，基本上都是瞎编。那些记者充分发挥想象力，铺天盖地的溢美之词堆砌在一起，主题大致是说：我市一个神秘的老板做好事不留名，号召全市的企业家跟着学习，要树立高度的社会责任感，先富带动后富为人民服务。

其实我爸就是个普通的郊区农民，主要职业是骑着三轮卖土豆茄子大白菜，偶尔也跟城管斗智斗勇打游击。进监狱前干这个，出来以后还是干这个，挣不挣钱倒也次要，总要干点自己能干的，玩物会丧志。北市区还没扩过来的时候，我们村里就开始对外出租屋子，那时候主要租给外省人加工家具。北市区扩过来之后就更不得了，我们村里的人一夜之间全都翻了身，算是跻身我们市的富贵人家。家家一大笔征地补偿款暂且不说，房租也一下子水涨船高，村里的出租房供不应求。我爸坐了四年牢的原因正在于此，也没必要藏着掖着，我家的出租房着火把租客给烧死了。

那时候北市区规划刚出来，划了一块地给消防中队。消防中队的办公楼断断续续盖了四五年，实在等不得，只好先将训练塔弄起来好让消防指战员们将就着开展训练。当时消防队有个教官叫马森恺，刚从武警部队那边转过来。为了方便驻训,马森恺带着他老婆就租住在我们家。当时我们家的房子还是普通的农村合院,青砖白瓦,马森恺和他老婆就租住在我家偏房。偏房是个两层的砖混,举架很高,马森恺两口子租的是二楼。偏房原本是一家温州人租了做沙发的,后来温州人破产退租走的时候,一楼还堆着些做沙发的海绵布料人造皮革。尽管那时候我还很小,不过我对马森恺老婆的印象特别深,唇红齿白,长长的头发烫着波浪卷,睫毛翘翘的,漂亮得像个洋娃娃。刚搬来的时候她已经怀了孩子,我看着她穿着白色的睡裙,肚子一天天鼓起来。她挺着肚子扶着腰站在二楼阳台叫喊我小可爱,下楼来的时候给我一颗大白兔奶糖,跟我抱怨说:"刚给弟弟缝了个肚兜,买个菜回来就被你家的老鼠给咬破了。"我嘴里嚼着奶糖,说:"该死的老鼠。"

偏房着火的时候,我就在楼下呆呆地站着。火焰从滚滚浓烟中蹿出来,舌头般一舔一舔的。我还没有反应过来到底发生了什么,或者说我直接被吓傻了,我就呆呆站在原地,先是听到剧烈咳嗽,然后是骇人的尖叫,最后是火和火碰在一起的时候撞得噼啪响。我被人抱走的时候,天与地打了个旋儿,我哭失了声晕过去。

马森恺的老婆就是这么在这场大火中丧生的,连同她肚子里的孩子。

其实浓烟起来的时候，旁边驻训的消防官兵发现情况集合冲过来了。马森恺带着几个兄弟背着灭火器率先赶到火场的时候，大火已经将整个房屋吞没。马森恺奋不顾身想要冲进去救出他老婆的时候被拉住了，这个时候火场内部发生了剧烈的爆燃。爆燃发生的时候整个房子抖了一下，马森恺跪在地上眼睁睁看着二层的小楼一屁股朝下垮了下来。消防车在城中村狭窄拥挤的道路中被堵得死死的，等到清出消防通道，消防车赶到现场的时候，已经于事无补了。灭火只用了十分钟，但是大火整整烧了一个小时。我爸骑着三轮车冲回来的时候火势已经铺开了，三轮车上装着一车刚从批发市场批回来的西瓜，他随即带领着一起救火的街坊往火场里扔西瓜。火场轰然垮塌下来的时候我爸急火攻心呕出了一摊血，在医院醒来之后就直接去了派出所。失火罪成立，我爸被判了四年。在法庭上做最后陈述的时候我爸说："一尸两命，判四年太短了，请求法官直接枪毙。"火场痕迹鉴定还原起火原因，初步推定为自燃。自燃物是堆在一楼的那堆温州人做沙发的材料。火势失控的主要原因是我爸为了方便给三轮车加油，私自囤积了几桶汽油放在旁边。

我爸踩了四年的缝纫机出来，本想着学成出师开个门脸裁裤脚换拉链的。可牢里边和外边完全是两种概念，牢里边缝纫机踩得火花带闪电，到了外边就不行了，看见针线就手犯哆嗦眼睛花。最终他还是得干回老本行，骑着三轮和城管打游击也是个充分体现勇气和智慧的活。反正不为了挣钱，穷挣钱富打发。我爸出来的第三年，用动迁款给消防队捐了一辆半的云梯车后，给消防队的领导感动得热泪盈眶，说："要充分给予改过自新重新做人的机会，以后消防队的食堂就你来承包吧。"于是我爸给消防队干了两年的食堂，不挣钱，还往里贴钱，我爸雇了最好的厨子用最好的食材给消防队做了最便宜的饭菜。按照我妈的说法，这食堂纯粹就是干了个寂寞。我爸一脸认真，说："欠消防队的，该还的。"

其实我和我妈都知道，爸不欠消防队什么的，他欠着的人是消防队的马森恺，我们家欠着马森恺一尸两命。最终我爸不再往消防队贴钱，也是因为马森恺。当时马森恺已经成了消防中队的副队长，马森恺找我爸说："意思到了就行，你这样老往队里贴钱，容易违反规定。"我爸说："我有钱，我愿意。"马森恺犹豫了一会儿，说："其实以前的事情，我没有怪过你。"往后，消防队食堂改革，请了厨师自己经营。消防队跟我爸重新签了合同,专门给他们做蔬菜配送。这么些年来,我爸跟马森恺的关系很奇怪。算是老朋友了,可相处起来的样子又看上去很陌生。正如朝着一堆荆棘拥抱,然后痛得惺惺相惜。他们每周都要约在一起喝一顿酒,就是单纯地喝酒,相互沉默,人生百般滋味全都放进了那辛辣的白酒中。抿上一口酒然后痛快地咂咂舌,有时候呼吸深长,有时红了眼眶。

马森恺在火灾之后便孑然一身,把消防队当成了家,出任务时候是出了名的不要命。有一年马森恺救一个要跳楼的女孩,抱着那女孩从十八楼的空调外挂台一直坠到了二楼,幸亏腰上系着安全绳。下坠的时候马森恺紧紧将女孩护在怀里,安全绳上的两人摆了个弧线撞在楼房外墙上,马森恺的半张脸在急速下坠的时候被擦得血肉模糊。后来整形医生从马森恺肚子上取了几块皮补在了他的脸上,效果不太尽如人意,算半毁容,笑起来的时候半张脸皮拧在一起。伤愈之后出院,他还是跟我爸喝酒。一碟花生米,两瓶牛二,一言不发有一搭没一搭就喝大了。两人毫无征兆就动起手来,我爸打了他一拳,他回应了我爸一拳。反复几次,打得气喘吁吁。我爸骂他:"你总是想找死。"马森恺眼眶红红的,嘴角还有血,说:"我早就死了,然后活着。"这场面可把我妈吓坏了,她冲向前去护着我爸哭天抢地地说:"他坐够牢了,你有什么仇呀恨的冲我来。"马森恺立即酒醒了一半,愣了一下,摸了摸我的头,嘴角一咧说:"嫂子,我们闹着玩呢。"

四

为了让王晓慧再次回到我的身边——能做我老婆最好,可以根治我的尿床——我主动担负起了每天往消防队送菜的任务。我爸对此表示诧异,说:"你怎么也能这么勤劳。"王晓慧始终躲着我,但我又是门清儿,只要她还在消防中队工作,我就一定能够堵到她。几次三番下来王晓慧歇斯底里了,朝我吼:"求你了,不要再来骚扰我。"

王晓慧对我使用了"骚扰"一词,我听着心里总觉得怪怪的不是滋味。她绝对是用词不当,我从不觉得我是个调戏良家妇女的纨绔子弟。这事闹到马森恺那儿去了,马森恺现在是消防中队的中队长,我也喊他马队。马队对这事也很为难,对我说:"收敛收敛,别那么明目张胆。"然后对王晓慧说:"别理他就好了。"马队的话让王晓慧很委屈:"我没理他,是他成天来堵我。"马队最终不让我给他们消防中队送菜了,于是我坐在我爸三轮车兜里跟着去搬筐。

我成天去堵王晓慧还有一个重要的原因,说出来就有点透露隐私。每天能看见一次王晓慧,我白天滴水不漏尿不出来的毛病莫名其妙就好了。消防中队的便池刷得锃亮,我哗哗尿得痛快极了。消防中队的人都算是我的老熟人了,可一来二去频繁借着送菜的由头堵王晓慧,消防指战员们心照不宣地再也不跟我玩了,路上见个面都是假客套。

原因很简单,我是后知后觉的。王晓慧的现任男朋友也是个消防指战员,我横插一脚要抢他们战友的女朋友,实在是没有任何道义可言。我说王晓慧是我前女友,消防指战员们对我一脸鄙夷,说:"以前是以前,过去不等于现在。"王晓慧的现任男友正在想办法申请岗位把王晓慧弄到他们队里,如果王晓慧真走了,煮熟的鸭子不就飞了?所以我觉得有必要找她男朋友谈一谈,我当时的想法特简单,反正他们还没登记结婚,公平竞争嘛。他男朋友缺的只是个老婆,而王晓慧却是我的命根子。我无时无刻不在设想,若是没有王晓慧,我绝对英年早逝。不是白天被尿憋死,就是晚上尿床把自己淹死。我得找王晓慧的男朋友谈一谈,面对面谈判是不可能的,他们消防指战员体能那么好，万一没忍住将我暴揍一顿划不来。所以我还是决定先在电话里谈，主打感情牌，晓之以理，动之以情，充分表现出王晓慧于我性命攸关。

电话号码费了很大的劲儿才弄来，嘟嘟几声电话接通了，电话那头的声音磁性很强弄得我很慌张，我问："你是王晓慧的男朋友吗？"那头顿了一下，说："嗯，我是晓慧的男朋友。"往下我嗓子眼就堵住了，我有点莫名的胆怯，不敢再往下说了。这个时候我听见电话那头响起了急促的警铃，然后就是一串踏踏的脚步声，她男朋友语气急促地说："不好意思，我出任务了，结束再给你回。"电话匆匆被挂断后，手机里的一阵忙音让我心里空落落的很惶恐。

电话打完到了晚上，王晓慧给我打来电话，语气严厉地说："我想跟你谈谈。"

我心里咯噔一下，有些气结："谈，谈什么？"

我和王晓慧谈一谈，本来我说去咖啡店坐一下，王晓慧站着就不动，说就在消防中队门口。王晓慧一上来就开门见山地问我："你是不是给我男朋友打骚扰电话了？"

我先是一愣，然后吞吞吐吐说不出话来，本来我想撒谎说没有，但是脸上的反应早已证据确凿。王晓慧这次没有激动更没有打算朝我吼，她出乎意料地平静，平静之中透露着一丝恨之入骨的冷,冷冰冰地跟我说:"你配吗?你不配。"

我哼唧了一声:"配,配什么?"

王晓慧的语气冷得像冰:"你就是个社会的垃圾。"

后来我才听说,那天我给王晓慧男朋友打完电话后他就去出任务了,使切割机的时候不慎切断了一根手指。她男朋友可是全省消防技能大赛冠军,能在气球上切肉丝,能在灯泡上切割铁丝。

王晓慧撂下我头也不回地走的时候,我就有答案了。

我英年早逝是注定的——王晓慧她确实找到了一个好男人。

往后几日,我在家一直没敢再出门。我竟然有点害怕会遇上王晓慧,害怕她那刀子般的眼神,很锋利地就能将我剖得一干二净。其间王晓慧男朋友真给我回电话了,手机在桌子上呜呜振动,我看着来电显示的电话号码毛骨悚然,战战兢兢最后还是接了,电话那头王晓慧的男朋友还是那充满磁性的声音,问我:"前几天你打电话问我是不是王晓慧男朋友,是有什么事情吗?"我慌乱极了,我撒着声儿瞎编:"我们联通大厅做活动,情侣绑卡套餐优惠,流量八折。"于是电话那头沉默了,好一会儿才拖着声回了我一句:"哦。"我顺着话茬把戏做足,说:"联通营业厅很高兴为你服务。"其实打这通电话的时候,电话两边都已经是在心照不宣地明知故问了,想表明的也不过是各自的态度。男人之间的较量有时就是一瞬间,他留有余地地向我宣扬了领土主权,然后我就不动声色地不战自溃。

放下电话我已经一头一脸都是汗水,这汗出得跟胆怯无关,我只觉得心里空落落的,后背直发凉。良心这玩意儿我还是有的,尽管害良心的事也没少干。

不见王晓慧的日子里,我的毛病又犯了,白天我压根尿不出来。溜进消防中队借厕所,也尿不出来。尿不出来总憋着,憋得面目狰狞小腹刺疼腰杆发麻。到医院做了一个全套检查,啥毛病没有,但是我还是尿不出来。没办法了,医生也挠挠头说,那就先插导尿管救急。

到了晚上,我又开始尿床。我梦中经常出现的那些蛇群鼠群都快成我的宠物了,我尿得哗哗的。可很快我就发现了大问题,我梦中多了王晓慧男朋友的声音,那磁性十足的声音在我梦里重复回响:"我是王晓慧男朋友,我才是王晓慧的男朋友。"我从梦中一次次被惊醒,看着被尿得湿漉漉的床单,床单滤下了尿,留着一丝一丝的红褐色血丝,黏稠极了。

我不由得悲观地猜想，假如我哪一天不幸牺牲了，那我一定是这个世界上最悲伤的鬼。活人被尿给憋死，我的膀胱已经开始出血，说不定会爆炸。所以我必须得回到王晓慧身边，爱不爱其实已经无所谓，尿不尿才是大问题。

她王晓慧能去消防中队做文职，我为啥不能，答案是必须能。

恰逢那几天消防中队发布了招聘消防行政执法辅助人员的公告，学历专科以上，性别要求男，本地户籍优先考虑。这样的条件不正是冥冥之中为我量身打造的，况且马队跟我这层关系，偶尔走走后门更亲近。我把我的决定告诉爸妈，我妈的反应倒还行，一只手搓着麻将另一只手挥了挥："去吧去吧，我看消防队有几个小姑娘挺标致，最好整一个回来给你洗床单。"我爸的反应就有些剧烈了，很反常地黑着脸说："家里到揭不开锅的时候了？那么危险，你去干啥？"我极力解释说："消防队文职就是做文字工作的，坐坐办公室不出现场。"

我爸很固执也很坚定："敢去，老子就打断你的腿。"

最终我还是去消防队报名了，我是大小伙子了，再也拉不下脸来向我爸解释我尿不出来我不行了。没承想一个小小的消防队文职竞争还么大，先笔试然后面试，最后还要进行体测。大学生乳臭未干笔试的时候都是考神,但我还是在面试的时候以高分被录用。有必要说明的是,我绝对没有走后门。尽管我确实是想走,还专门找过马队。马队狐疑地瞅了我几眼摇摇头:"王晓慧过几个月就要走了,你没机会的。"我极力保证说:"真不是为了王晓慧。"实际上,这次消防中队文职招聘是有针对性的,大队领导专门讨论做出过意见,原则上是只要有本地人报名,那基本上就是内定了。而我,凑巧正是那个唯一报名的本地人。

原因很简单,防火的战斗要深入人民群众中去。换个不严谨的说法,这防火的战斗要从敌人的内部开始瓦解。尤其是我这样的城中村土著,必须是可遇不可求的人选。这些年来,北市区大兴土木,越来越多的人纷至沓来。我们城中村自然而然成了打工仔集散地,出租房供不应求后,各种形式的私搭乱建将我们村变成了一个巨大且复杂的蚂蚁窝。蚂蚁窝的消防安全问题一直是消防队久攻不下的顽疾,事故频出,市委市政府亲自督办。

消防中队先后几次的消防隐患排查行动,收效都不算大。一方面,他们在城中村错综复杂的巷子沟渠里绕得晕头转向。另一方面,那些小餐馆小旅店老板的糖衣炮弹很难挨得住,中队已经开除了好几个收受红包的消防文职人员。最重要的一点，就是城中村不乏刁蛮之人，拉帮结伙一致排外，说了不听听了不改，拿他们是没有一点办法。所以我进消防中队做文职，大队长特意找我谈过话，说："城中村的消防隐患工作，有你在，我放心。"我说："我懂，战术是从敌人的内部瓦解。"大队长愣了一下，笑了笑说："差不多是这个意思。"我接着跟大队长保证："用我就对了，我是个本地人，熟门熟路。其次我好歹是城中村土著，不差那千儿八百的，再大的糖衣炮弹也抵挡得住。最重要的一点，谁说了不听听了敢不改，我这个土著有的是办法收拾他。"大队长起身拍了拍我肩膀说："好小子。"于是我抓准时机赶紧接茬提条件，说："我想跟中队的王晓慧在一组工作。"

消防文职最大的好处就是朝九晚五，不需要全天候战备，正好我可以回家睡觉接着尿床不尴尬。正式进入消防中队工作之前，先得进行为期一周的军训。进入消防队后，我白天尿不出来的毛病竟然又莫名其妙地好了，该尿就尿，尿得踏实有着落，尿得我浑身战栗认为这绝对是个未解之谜。军训的时候马队喊着号令，我们稍息立正向右看齐，然后齐步走、正步走。训练强度不大，但是极度枯燥。我时不时溜号去办公室找王晓慧，美其名曰提前熟悉工作环境。王晓慧自从她男朋友那件事以后，对我冷漠到了极点。我厚着脸皮去烦她，她盯着电脑桌面不给我正脸。

实在被烦够了，王晓慧两手一摊气呼呼地说："有意思吗？"

我说："没意思。"王晓慧问："那你是什么意思？"

我十分认真说："以后我是你的同事，也是你的新搭档。"

王晓慧气愤了，说："过几个月我就走了，难道这也不能让你死心？"

我继续认真说："你走不走跟我有什么关系。"

因为我跟大队长提过条件，王晓慧也从文职转到行政执法辅助岗位上来。王晓慧只要一天不离开我们中队，那她注定就是我的搭档。马队一脸严肃地交代王晓慧："这小子新来，你要多带带他。"王晓慧委屈地说："带，能怎么带？"

我们这个岗位不怎么坐办公室，经常出外勤。主要是对建筑工程进行消防管理、防火检查、开业前消防检查这些活。分着片区，挨家挨户去串。马队带着我们转了几天熟悉工作流程后，他就带队出任务去了。防火参谋老刘带我们继续转，老刘是我们中队指导员。

消防队是一个城市的创可贴，大到火灾、洪涝、塌方、车祸现场，小到马蜂、毒蛇、钥匙扣卡手、下水道卡腰，都需要消防队的及时救援。按照马队的总结,一座城市每天都会有那么几个人要死,也会有那么几个人想着法地去死。消防队披星戴月轮班干了,可还是有那么多死掉的人要去收回来,还是有那么多想死的人要去拽一把鼓励他好好活下去。

往后一个月里,刘指导员外出学习,大部分时候只有我和王晓慧出外勤。这当然是有违工作制度的,没有防火参谋主检,我们编外辅助的没有执法权,所以刘指导只是跟我们说:"盯紧了。"盯紧了,其实也就是"探子",就转一转看一看,实在突出的就张嘴纠正两声。刘指导员走的时候吩咐说遇到一般情况自行处置,特殊情况打电话给马队。至于什么情况一般什么情况特殊,刘指导员没有特别交代,所以按照我的理解,只要不出现火星子,索性都按照一般情况处理。

五

一般情况,就是主观上的情有可原,可处理也可以不处理的情况。

关键在于可见,或者不可见。通常是指消防通道堵塞、消防措施缺失、灭火器没气儿等此类显而易见容易被抓住把柄的地方。私搭乱建的城中村,一般的情况并不算罕见。其实也是可以预期的，城中村的一般情况真到了哪一天发展成了特殊情况，那就是摧枯拉朽不可想象的。

我和王晓慧这般生瓜蛋子，自然还没有睁眼说瞎话的修为。王晓慧比我有素养，做工作的时候晓之以理动之以情讲条例摆法规，然后换回来唾沫星子满天飞。人们当着王晓慧的面就直接做出总结："你这娘们儿，较真儿。"王晓慧听了先是一怔，然后抬手指着城中村的私搭乱建，指头一抖一抖地说："要是城中村着起来，肯定是连片地烧，后果无法想象。"得到的回应永远只有一个："那又能怎样呢？不是还没烧起来。"

我就没王晓慧那么高的修养了，城中村土著自有土著的办法。那些临街开餐馆的防火检查不合格拒不改正的，我处理的办法首选是涨房租。消防措施不完善的小旅馆，我软硬兼施给两个选择，要不就是改，要不我断你水电。尽管房子不是我们家的，但城中村的土著和土著之间谁和谁不是沾点亲带点故呢？外地人多过本地人的城中村，来村里做生意的外地娘们儿总站在我背后愤愤揭秘："房东崽子都是他大爷的。"王晓慧为此批评过我很多次："别以为你有点臭钱就了不起，我们消防中队工作还是讲究纪律。"我也怼过王晓慧："要是你们的工作纪律能把事情干下来，就不会聘用我这个本地人了。"

因为我去消防中队工作这事,我爸整整一个月没跟我说过一句话。在我把城中村搅得鸡犬不宁之后,我爸喝得酩酊大醉,对我破口大骂,喷着酒气直呼我的大名"江海河",然后说:"你六岁时候我给你改的名儿,你小子生来就缺水,还敢去消防队工作。"我妈在一旁拉着我爸护着我,对我说:"你爸的意思是,都是街坊邻居的,你要注意工作态度。别什么时候出了问题,你就成了背锅的。"

王晓慧跟我一起出外勤,对我爱搭不理直接当空气。我们一前一后在城中村转哪转,我边走边帮她回忆美好的曾经:"我们在这家吃过夜宵,在那家喝过奶茶,我们在这家亲过嘴儿,在那家开过房。"王晓慧忍不住了,朝我吼:"不要再提,丢人现眼。"我就纳闷了,说:"怎么就丢人现眼了。"我发现王晓慧这家伙竟然随身带着把改锥,她磨刀霍霍地警告我说:"要是你敢做出工作之外的行径,我就把你扎成马蜂窝。"我抬手相拒,说:"不敢,不敢。"我是真的不敢,能待在王晓慧身边其实我已经很满足了,好歹我视王晓慧为第二命根子。我心里掂量着一笔账,要是我再敢有一点过分的举止,我这个活人真会被尿给憋死。王晓慧就是我的一味药,尽管药理是个未解之谜。自从跟王晓慧一块工作之后，我不仅白天尿得出了，到了晚上也睡得踏实不尿床了。这样的感觉很奇怪，就像是在海上漂泊数日抓到了一根稻草，实际上这根稻草的效用胜似万吨巨轮。

几乎每一次出外勤，王晓慧都被我气得够呛。今时不同往日，曾经恋爱时候的那些插科打诨现在拿出来，就是对过去彻底的否定和批判，也是对现状的无情嘲弄与讥讽。王晓慧下班的时候一个人躲在办公室边给她男朋友打电话边哭，我回办公室取东西的时候恰好在门外听到。王晓慧抽噎着问："我什么时候才能去跟你一起，我快要熬不住了。"电话那头他男朋友问："我正在跟中队长申请岗位。是不是那王八蛋又欺负你了？"王晓慧呜咽着说："那倒是没有，不过我这样天天跟他在一块工作，对你不公平。"

我只能悄无声息地退了回来，嘴颊酸溜溜的，如鲠在喉。在此之前我从来没有想过，我会成为王晓慧的痛苦之源。我不得不反思我的任性放纵，我极没有道义地横插一脚，其实我就是个极度自私自利的货儿。

往后的日子里再出外勤，我注意保持我和王晓慧的距离。患得患失的感觉真会要人命，我得彻底斩断对王晓慧的一切幻想。甚至有时候我极度悲观，打了退堂鼓想要从消防中队撤退。我旁敲侧击地跟马队说过想辞职不干了，马队横了我一眼:"真当消防中队是你家?想来就来想走就走。"幸亏刘指导员外出学习回来带着我们俩一起出外勤,我和王晓慧之间多了一个刘指导员,我基本上可以做到一天不和王晓慧说一句话。刘指导员自然看得出我和王晓慧之间有端倪,不好点破,于是说:"战友之间还是要注意保持团结。"于是我嘴贱了,贫着嘴说了句:"我和王晓慧战友已经团结过很多次了。"王晓慧斜了我一大白眼,"呸"了我一声,说:"臭流氓。"

我们去城中村出外勤很频繁,马队和刘指导员共同带队。据说市里正在筹备开展一场针对城中村的消防整改大行动,这个行动是马队最先提出来的,其间经过了很剧烈的讨论。否了又提,提了又否。开展一场消防整改大行动太劳心费神,市委那统一意见,干脆来个一劳永逸的办法,已经把城中村拆迁纳入编制规划。最后马队激动地说:"城中村没等拆迁就烧起来,谁来负责?"于是城中村消防大整改还是被提上日程,市委领导吩咐马队前期先摸清楚情况,好进一步因地制宜制定整改方案。

外勤期间我又和王晓慧吵过一次,其实我没想跟她吵。本来是她男朋友消防中队那边出任务,前往邻省的洪涝灾害现场参与救援,这一去就失踪般一个多月没给王晓慧打电话。回来联系上以后她男朋友告诉她，消防中队文职岗位还是没有申请下来。王晓慧是小姑娘嘛，难免有点情绪，埋怨她男朋友一点都不在乎她。而我这傻缺，无意中又正好挑了王晓慧的火。我跟马队学来的大义凛然外加我的油腔滑调，于是我一本正经地给王晓慧做思想工作："你也在消防，你什么时候看见过我们的消防员有闲着的一天，不是在出任务就是在出任务的路上。所以你一定要做一个称职的指战员的好妻子。"大概我把话说得过分圆满，于是王晓慧只能冷冷地横了我一眼，带着哭腔说："要你管。"

下班的路上王晓慧把她的愤怒一股脑地朝我倾泻，我略感委屈，说："难道我们就不能和平相处？"王晓慧说："不能。"然后她接着骂我："你个尿泡子，都分手几年了还那么阴魂不散。"于是我也被勾起火了，没见过这么侮辱人的。本来想给她一巴掌然后喊她滚的，巴掌抬到半空滞住了，王晓慧已经不是我女朋友了。可王晓慧不依不饶翘起下巴把脸凑过来："有种你打呀。"我只好把挥起来还没有着落的巴掌往我脸上放，啪，我失落地说："我没种。"我气呼呼转身走的时候，王晓慧蹲在地上呜呜哭。

我挺想转回身去安慰她的，不过不能，我只会让她更加痛苦。

往后我跟马队请了三天的假，我有点没脸再见王晓慧，尽管我认为我没有招她惹她。其实主要还是想试一试没有王晓慧的日子里我会不会老毛病复发。结局自然是肯定的，尿不出来肯定是因为没了王晓慧这命根子。我郁郁寡欢到酒吧喝了一个通宵的酒，天亮的时候回家睡觉。翻来覆去睡不着，尿急了却尿不出来，于是开始憋。本想着可以睡着以后在床上尿，可越想就越睡不着，越睡不着就越憋得慌。最后耐不住了，憋得腰杆酸麻小腹刺痛，于是我不得不回消防中队。去的路上在消防中队门口撞上提着豆浆啃着油条来上班的王晓慧，她瞅着我，罕见地说了句："前几天的事情我是不对，我跟你道歉。"我当时已经憋得面目狰狞走路打飘，被她这么一问反而松懈了。刺啦一下，我就感觉开闸了，裆下一片温热迅速散开来。我再无工夫搭理她，边往中队卫生间跑边应着："暂且接受。"

总算是尿出来了，好嘛，我看见便池里黄澄澄的尿液散鸡蛋花似的掺进了丝丝缕缕的血丝。造化弄人，我还是不能没有王晓慧这命根子。

我尿裤子这事还是被王晓慧发现了，我往中队卫生间跑的时候其实裤子就已经湿了一大片。下班的时候王晓慧悄悄跟我说:"我看见了。"我说:"你看见什么了?"王晓慧瞅了我一眼,声气有点大,说:"你尿裤子,我看见了。"我急忙作势要伸手去捂王晓慧的嘴:"你不说出来能死?"王晓慧扑哧笑了,跟我提条件说:"以后你敢再图谋不轨,我就跟整个中队说你尿裤子。"我愣怔了下,没想到王晓慧会跟我来这一出,于是我摊了摊手妥协说:"好,我们以后和平相处。"其实我的妥协是完全没有必要的,王晓慧她不仅看见过我尿裤子,她还见过我尿床,爱咋咋的,反正我这个尿床大王脸皮早已厚成了鞋底子。只不过我绝对不会告诉王晓慧的是,我没有她白天就尿不出。

我很清楚王晓慧始终会有离开我的一天,我绝对不想在某一天因为王晓慧的突然离开而导致我被尿憋死。我再一次去了医院,我这十多年尿得鸡犬不宁,发了狠必须把病根给找出来。到了医院仍旧是那套查不出任何问题的大检查,医生也直摇头,叹了口气建议:"要不转去精神疾病科看一看?"把尿床以及尿不出上升到精神层次,我莫名地有些火:"你他妈的才有精神病。"最终我犹豫再三还是去了那医生给我推荐的心理咨询中心,心理医生是个很漂亮的少妇,三十来岁。我吞吞吐吐好半天才跟她说清楚我是因为一个女人而白天尿不出的症状,少妇莞尔一笑说:"你有病。"然后初步诊断说："依赖型人格障碍。"我转念一想总感觉少妇说得不对，我说："我并不觉得我对我那对象有任何依赖呀。"

于是心理医生对我进行了一场催眠治疗，治疗室的躺椅很舒服，枕头很软和，卡着脖子头深深地陷下去。治疗室里放着德彪西的《月光》，心理医生一直说让我放松，再放松。她身上的香水很好闻，我感觉身体越来越轻。再次醒来的时候，不出所料我尿床了，满屋子的腥臊。其实在她让我放松再放松的时候我已经尿了。不过这不是重点，重点是医生在催眠结束之后趁热打铁问我："你睡着的时候一直在喊好多蛇和好多老鼠，小时候被蛇和老鼠吓到过？"我摇摇头："想不起来了，我从小胆子就大，怎么可能会怕老鼠或者蛇。"然后我想了想又说："不过从六岁开始我就不停地梦到好多老鼠和好多蛇，然后尿床尿到现在。"她若有所思，点点头做出推论："可能是童年创伤引起的依赖型人格障碍。"这话就让我听得愣怔了，我问："还有得治吗？"医生摆出一副职业假笑，说："其实也不难，一周来我这里做一次心理治疗，循序渐进，就是时间有点长。"我问："关键是现在咋办呢？白天尿不出晚上又尿床，这毛病令人头疼。"她摆摆手说："依赖谁那就先暂时依赖着呗，总不能把自己憋死。"

所以我对王晓慧已别无他求,只希望能够一直跟她一块儿工作,痛痛快快撒尿就很满足。至于什么旧情复燃再续前缘,我完全不敢再有这方面的奢望。别人的女朋友永远是别人的女朋友,我拍着良心要做一个正直的人。现在我对王晓慧最好的爱,大概只有尽快摆脱我对她的依赖。

之后我再也不敢招惹王晓慧了,总感觉对不住她,其实我没有什么地方对不住她。上班的时候王晓慧每一次喊我名字,我都会心惊肉跳不敢看她的正脸。王晓慧说我这是做贼心虚,我偶尔反驳说我不做亏心事不怕鬼敲门。当然了,我也不再去做心理辅导了。那少妇就是虎狼,我不想将我的生理和心理都交付给她死死拿捏。我开始认真反思我梦中重复出现的蛇群和鼠群,它们无疑是我尿床的病根。不过我总想不起来蛇群鼠群是在什么时候出现,我也不知道它们会在什么时候消解。童年的记忆都逐步变作了幻灯片,有的具体有的空白。用心理医生的专业术语来说,这叫选择性失忆。

六

王晓慧她男朋友休假来看她的时候,我们正好出外勤。

马队带领着我们消防和城管联合执法，在城中村对那些"握手楼"进行重点整顿。城管执法队负责督促拆除那些私搭乱建的阳台和遮阳棚，我们消防重点检查楼里的排烟道和飞线。对城中村的消防整改行动就这么悄摸开始了，阵仗不算大，持久战，讲究个循序渐进一步一个脚印地来。不过处罚的力度倒是挺大的，说了不听听了不改的，该罚款就罚款，该停业整顿就停业整顿。为此，好多被罚款的商户找了我爸，托我爸找马队说说情少罚一点。不过在这一点上我爸是立场坚定的，说："消防措施做不好，被罚了活该。"不出所料，我爸得罪了人。于是我爸的历史被重新翻出来，人说："好意思教育别人防火，当年你不也烧死过人。"尤其是我爸没事跟在马队后边分发防火宣传单的时候，身后一片哗然，老城中村人没有办法不去想起马队的老婆。

王晓慧的那个消防员男朋友叫李海成，我第一次见到他的那天刚好是情人节。为什么这么记忆犹新呢，因为那几天马队他们消防指战员出任务出得很勤。失恋跳楼的、跳河的、想尽一切办法要找死的，在这个节点消防中队的警铃呜哇呜哇聒噪极了。马队吩咐我和王晓慧勤去城中村做消防检查，城中村那些打工仔表白时摆玫瑰点蜡烛容易引发火灾。

李海成捧着一束玫瑰花悄然而至,要给王晓慧制造一个浪漫的惊喜。

这天我和王晓慧出完外勤准备下班的时候,又热又渴,正好遇到一家冰激凌店开业酬宾,买一送一。我一只手拿着一个冰激凌,问王晓慧:"来一个?"

王晓慧白了我一眼:"不吃。"

我说:"再不吃就化了,浪费可耻。"

王晓慧一脸勉强地接了过去,于是我们蹲在巷子口吃冰激凌。

这个关键时刻李海成捧着一束玫瑰花出现在巷子口,场面简直要命。我们三个在一瞬间僵滞住了,六目相对。李海成看了我一眼,然后略过我,捧着花喊了声:"晓慧。"王晓慧呆愣住了,手一松冰激凌就掉在了地上,失神到语气反常略带责备地说:"你怎么一声招呼不打就来了。"王晓慧在反应过来之后,瞅了我一眼跟李海成介绍:"这是我的同事,我们刚外勤结束。"李海成看我一眼笑了笑,说:"我知道。"接下来我跟李海成假模假样地寒暄,感觉很怪异。李海成其人,看着跟王晓慧挺般配的,个子高挑,形象干练,理着一个清爽的寸头,笑起来的时候牙齿洁白。李海成笑得很坦然,我倒莫名有些心虚。王晓慧紧绷绷的,揪着衣角看我们两个男人尬聊。

晚饭是一起吃的,本来我坚决不去,电灯泡就不当了,闪瞎人眼睛害人害己。李海成一再坚持说,遇上就是朋友,一起吃个饭顺便聊聊。没承想这时候王晓慧冷不丁来上一句,不做亏心事不怕鬼敲门。那我也只能说,必须去,身正不怕影子斜。情人节的餐厅成双成对,我们两男一女的组合很怪异。服务员上来推荐情侣套餐,再看看我们仨的组合立即捂住了嘴,改口说先生看看菜单,点些什么。吃饭的时候全程的气氛都很怪异,我看见李海成那根出任务时被切割机切断的手指被接了上去,不过已经名存实亡了,没有办法正常弯曲。李海成挥着那根残疾指头冲我打招呼,越是热情场面就越怪异。刚开始我尬着脸还能词不搭调地回应两句,王晓慧全程低着头抠着手指甲像个犯错的孩子。想来想去还是得这么形容:我和王晓慧就像是被捉奸在床。

尽管从来没有。但是正因为从来没有,所以才更像是被捉了奸。

关键还是太在乎彼此的脸面。

场面一度僵滞的时候,李海成在努力维持,干脆给我们讲了个笑话,说:"几个月前遇到个傻缺,给我打电话问我是不是晓慧的男朋友。我说是。然后那傻缺拿着移动的电话号码跟我推销联通公司的套餐。"出于礼貌,我咧着嘴红口白牙配合着哈哈笑,其实内心早已是万马奔腾了。

李海成口中那个拿着移动电话推销联通套餐的傻缺就是我。

转移尴尬的重任最终还是落在了酒上,我和李海成决定喝点。王晓慧在一旁捅了一下李海成,说:"你不能喝酒,影响训练。"然后王晓慧斜了我一眼说:"他酒量不行,别喝。"我结结巴巴会意,说:"要不还是别喝了。"李海成声气大了,说:"这酒得喝,因为高兴。"

于是我在和李海成不是较量的较量中,终于赢了一次。

如果说较量是为了王晓慧,那我肯定输,因为我没有任何底气也不占理儿。若是较量只是为了高兴,我城中村土著不是白叫的。李海成果真如王晓慧所说,酒量不行,端着杯子推了几手太极说话就开始夹舌了,面颊绯红,眼睛血红。王晓慧在桌子底下踩了我好几脚,暗示不能再喝了。可李海成不依不饶,端起酒杯就跟我干了,干了一杯之后我就恍恍惚惚看见他脑袋歪了。

李海成颤颤巍巍伸出手来跟我握手,看看王晓慧又看看我,喊我"兄弟",然后说:"我知道你和晓慧以前的事情……"

我刚要做出解释,李海成又堵了我的话接着说:"不过这不是重点,重点是我觉得你能给晓慧更好的爱,我可以选择放手。"

我头一回遭遇到这样的话,只听得我脑子发蒙,我说:"过去的就不提了,你们好好的就行。"

李海成继续坚持,认真地说:"我个做消防员的,成天火里冲水里蹚,亏欠晓慧太多太多。我感觉你跟晓慧更适合……"

李海成这么一说,他的话我就不敢接了,接了话就坐实我横插一脚不讲道义良心喂了狗。我心里怪不是滋味的,甚至有些生气,我站起身来就要走:"神经病啊,你们谈你们的恋爱,跟我有毛关系。"

我走的时候王晓慧在身后喊我:"江海河,你个王八蛋。"

我转过身看着趴在桌上嗷嗷吐的李海成,对王晓慧交代说:"照顾好你男朋友。"

李海成这时候抬起头来,嘴角还挂着一根韭菜叶,看着我说:"我是认真的,晓慧跟你更适合。"于是我摆了摆手还是没忍住朝他吼:"去你妈的,王晓慧是你女朋友又不是我女朋友,不带这么玩的。"

这一夜我睡得很踏实。

城中村的烂仔们大半夜放烟花表白的时候把楼下的垃圾堆点燃了,消防中队半夜出任务来灭火都没把我吵醒。早上起床的时候我惊奇地发现我竟然没有尿床,从床上下来的时候有了尿意,竟然还能对着马桶痛快地尿一阵。

难道我尿床的毛病就这么好啦?

我不得其解,我分析最重要的原因是我没做亏心事,不怕夜尿床。

那也经不起反推呀,我尿了十多年,我总不能十多年都在做亏心事吧。

算啦算啦,不想了,脑瓜子嗡嗡的。

去消防队上班的时候,开早会,马队专门将昨晚城中村的火情提上来,将我和王晓慧两人严厉批评了一顿,说我们俩吃干饭,对城中村消防检查粗心大意。本来我想反驳两句的,那帮烂仔放烟花引发的火情,要找就找城管或者派出所去。不过我扫了一眼王晓慧,大概是一夜没睡无精打采的,所以我欲言又止地忍住了。

李海成休假期间一共来看了王晓慧五天,五天里有三天都在我们中队吃食堂。本来马队想抓着他这个消防技能冠军给我们消防员上几节课,传授一点切割机的使用技巧的。可李海成向马队展示了他的那根残指,说:"使不了,握不动啦,切割机,以后就是压水管的命啦。"李海成和王晓慧成双成对的几天里,我是没脸回中队的,我跟王晓慧的事情整个中队都知道。正如中队的消防员形容的那样:"李海成是来宣示主权的。"

我想我在他们眼里的形象,正如动物世界里的那只求偶失败的鬣狗。

我想我夹着尾巴落魄而逃时候背影一定很凄凉。

既然城中村垃圾堆着火这事马队点名批评了,我就得主动承担起相应的隐患整改工作,其实我就是想离中队远远的,眼不见心不烦。整顿工作就是联系居委会把城中村那几堆易燃的、可能会自燃的垃圾清理掉。这个工作并不好做,关键是人家居委会的不配合,说那垃圾堆了好几年,我完全没必要多管闲事。最终还是我爸帮了我的忙,我爸这个时候刚选上了居委会主任。他在连日的城中村消防整改中和城管一笑泯恩仇,决定不再骑着三轮跟城管大队的同志斗智斗勇。于是我爸提供三轮,组织了居委会一帮人手。人们看着清理干净的垃圾堆,恍然大悟地想起来:"当年就是老江家垃圾自燃,烧死了马队的老婆孩子。"

大多数时候我爸不放在心上,少数时候他怒目相对:"闭上你狗嘴,再吵吵烧死你全家。"

有时候针尖对麦芒杠上了,人家会愤愤说:"要烧,也是马队烧了你全家。"

通常这个时候我爸整个人都会在战栗中迅速萎靡下来,自己和自己无休止地做斗争。

李海成回去之后,马队把王晓慧调离了辅助行政岗,去办公室写文件。

马队在做出决定之前还专门找我聊过,东拉西扯大半天才讲到重点,问我:"给你换一个搭档,有没有其他意见?"

我摆了摆手说:"求之不得。"

李海成走后,我和王晓慧心照不宣地将彼此视为陌生人,互相绕着走,正面遇上了绕不开,那也要侧着身子偏着头走。我们都想把彼此当作空气,但是我们彼此的存在又是那样合理。不过经过李海成来的这一出,我尿床的这个毛病奇迹般地好转了很多,白天有没有王晓慧我都尿得出,到了晚上也形势一片大好。

对城中村的消防整改工作也在有序推进,基本上已经把外围工作拿下了。接下来就是细化成专项的内部检查,消防通道、消防器械、违规电路、排烟管道等，慢工出细活。

马队给我分配的新搭档是个新来的青瓜蛋子，刚大学毕业的小伙子，叫宝来。他自我介绍的时候说："我宝来，名字取得像把火。"我调侃说："我叫江海河，那就是一汪水了。"马队说："甭管一把火还是一摊水，今后你们要相互学习，取长补短。"

宝来这小子虎背熊腰傻了吧唧的，但是纯洁得有些可爱，像个孩子，整天没事就江哥长江哥短的。我对他实在没多大兴趣，我对任何事都提不起热情来。没有插科打诨，没有互掐斗嘴，没有王晓慧，没有色彩，没有滋味。幸亏宝来这傻小子不仅踏实还懂事，再出外勤，我都鼓动他率先冲在前头。我甚至都已经想好了，等宝来工作上手对马队有个交代以后，我就要从消防中队撤退了。我现在已经算是摆脱了依赖王晓慧才能尿得出来的魔咒，那我还待在这里干啥，回我的城中村当我吃喝不愁的土著去。

可这样的想法一旦有了，我又不行了。

那天刘指导员出任务去火场痕检去了，就我和宝来出外勤搞消防检查。紧赶慢赶，一个餐馆的厨房出现了火情还是被我们给赶上了，远远地就看见浓烟滚滚冲出来。老板着急忙慌地跑了出来，浑身沾满了灭火器的干粉，只看得清一条鲜红的舌头在嘴里边搅边说:"油锅呛着了火,煤气罐还没有关。"我当时的第一个想法是,终于遇到马队说的特殊情况了,接下来的流程该是赶快掏出手机给中队接警室打电话让他们赶来处置火情。可我掏出电话的时候反而把老板给干蒙了,老板满脸疑惑地看着我:"你干啥?"

我说:"我报火警啊!"

于是那老板更加蒙了,一脸不可思议地看着我说:"你不就是消防员?"

我这时才有点反应过来,说:"哦,我是消防员。"

那老板又看我:"你是消防员,你还愣着干啥?"

我愕然,说:"我,我报火警。"

当我还在思索我应该如何突破我和老板刚制造的逻辑怪圈的时候,我一旁的傻小子宝来站不住了。把外套脱下来,在路边的臭水沟里蘸湿了罩在头上,不管不顾地冲进了滚滚浓烟中。我和老板看着宝来这通操作一起愣怔了眼,然后大眼瞪小眼。

我有点被这情形吓到了,冲着浓烟喊:"宝来你个大傻子,不要命啦?"

我喊,老板也跟着喊,喊得富有感慨,他喊出了颤颤巍巍的戏剧腔:"果然英雄出少年……"

老板感叹的腔调尾巴还没收干净，宝来就已经抱着煤气罐从浓烟中冲了出来。宝来满头满脸被熏得黢黑，只剩眼白和牙齿还是雪白的，抱着一大个煤气罐，罐口还不停地往外喷着火。宝来冲出来的阵仗着实骇人，冲出来的时候他身子颠了一下，那煤气罐上着得更厉害了，长长地吐出来一条火舌，朝我的面门就舔过来。我下意识后退了几步说："你滚开。"脚后跟撞到砖头的时候，我一屁股瘫坐在地上。我不由得后脑勺发麻，脊背凉飕飕的。我瘫坐下去的时候朝着宝来喊："宝来你个灰孙。"

屁股着地的时候我打了个冷战，按照那老板后来见人就说的说法——我被吓尿了。

宝来抱着煤气罐冲到一块空地上放稳了，解下罩在头上的湿衬衫往出气阀一盖火焰就灭了，然后拧紧气阀危机就解决了。一套操作行云流水，从冲进火场到处理掉火情，前后不过一两分钟。宝来张着一口白牙向我走来，居高临下向我伸出手说："江哥，我扶你起来。"我没脸去接宝来的手，我颤颤巍巍试了好几次才站了起来。站不起来，其实是不想站起来，可这地上也没留个缝隙让我钻。火情发生以后就迅速引来了一批围观的，不过他们关注的重点是我抖得像筛糠般的双腿，以及我身下湿漉漉腥臊的那一摊。要脸有一个前提,那就是得有脸,我是彻底没了脸。

我想低着头埋着脸,然后我又决定抬起头仰着脸,其实这也是一个矛盾的怪圈。

最后我发现其实抬头低头都是一个样子,都是一片黑暗的天旋地转。

我对着黑暗嘀咕:无关尿或者不尿,其实我都没有脸。

七

大傻子宝来成了城中村人们眼中的英雄,代价是抱煤气罐的时候脖子被火焰舔了几下,起了一大片火燎泡,从医院回来的时候敷着黑乎乎一层烧伤膏。马队板着张脸盯着宝来,严厉批评:"你个愣头青有几条命,竟敢擅自行动。"刘指导员则是器重地拍了拍宝来的肩膀:"小子,有我当年的风范。"宝来傻呵呵地憨笑:"我感觉火情不严重,能处理就尽快处理。"宝来对火有着超乎常人的认识,他的父亲是位烈士,老消防员,早些年前扑救一场山火,侦查烟点的时候遇到了爆燃。

宝来傻笑的时候我抬起头,我又看见了他那口洁白的牙齿。宝来仍旧喊我:"江哥。"我嘴唇抖了几下,却找不出任何理由答应他。我没有办法不正视他全部的脸,这次他的脸上真的很有面儿。是我尖酸，是我刻薄，宝来不是大傻子，我才是。火情之后防火参谋进驻现场进行痕检和险情评估，首先那老板扯了谎，起火的原因是他私自搭了几条飞线导致的短路起火。其次是宝来冲进火场抱出了煤气罐，将火灾损失降到了理论上的最低。起火餐馆的楼上住了两个无法撤离的瘫痪老人，如果煤气罐发生爆炸，后果不堪设想。

然后马队又满脸愁容地看着我，他拍了拍我的肩膀，安慰道："你也不要有什么心理压力。"马队转身走了，我仍丢了魂似的戳在原地。我那天在火场尿裤子的事情早就传遍了整个中队。刘指导员专门做过要求，对我这事不允许议论。我知道没人议论，但是我也看得见整个中队的人看我的眼睛里都装了扫描仪，他们没有办法不重新打量一下我这个已经没了脸的人。当然，除了王晓慧。在食堂吃午饭的时候王晓慧主动跟我说了自李海成走了之后的第一句话，她端着餐盘看着我，小心翼翼地问："你，还好吧？"我对着餐盘扒了几口饭，下巴抖了几下说："没。"

我又开始陷入无休无止的梦境，梦中的场景不断地被充实。浓烟滚滚是绝对的黑暗，密密麻麻的鼠群和蛇群从浓烟中涌出来将我吞噬。我在梦中的浓烟里有了窒息感，我混迹于鼠群和蛇群之中，后背被烈火灼烧，前头被浓烟铺面，我无法动弹。我尿床的老毛病又犯了，一泡接着一泡，尿到天亮尿不出了，身体却还保持着战栗感。白昼如同夜晚，我丢了三魂七魄，步入混淆，眼前一片混沌，分不清现实和梦境。我在下班的时候路过一个爆米花摊，杵在原地盯着烤爆米花的炉子看。高压炉放气爆开的时候一声巨响，我在这个时候浑身抖了一下——我在大庭广众之下尿了裤子。

人们在我身上有了惊奇的发现，他们几乎是惊呼："快看，这不是那个被吓尿裤子的消防员吗？"

我绝对是这个世界上混得最惨的城中村土著。我在快要被一片唏嘘声淹没的时候看见了王晓慧，王晓慧扒开人群冲进来脱下外套系在我腰上。我行尸走肉般被王晓慧拽着走，边走边听到王晓慧咬牙切齿地维护我："看什么看，再看把你眼珠挖出来。"王晓慧不放心，坚持把我送到家。到了家门口的时候我把她拦在了门外，我甩上门的时候听见王晓慧在门外喊我："不要胡思乱想，没事的。"我没有回应她，迅速退守到我的床上，盖起被子蒙着头，还没睡着我就开始尿床。

我很有必要离开消防中队，而且理由已经足够像理由。

我是我，消防中队是消防中队。这个很关键，绝对要区分开来。我在消防中队工作了大半年，我也该知道有一种东西叫作集体荣誉感。那个在火场被吓尿裤子的人是我，我们消防中队的战士个个都有胆的，起码他们绝对不会尿裤子。可是因为有我抹黑，我们中队的消防员都像会尿裤子似的。可事情不该是这个样子。

我卧床不出的日子里马队来看我，我胆怯地透过门缝告诉马队其实我很好，没必要来看我。于是我爸他们又喝了一场大酒，他们在一楼喝酒，我在二楼尿床。我听见他们喝酒的声气越来越大，最后我爸朝着马队激动地喊："你当初就不该让他去消防队。"马队说："我也没想到会这样。"我爸更激动了，朝着马队吼："你答应过我的，绝对不能把我儿子拖向火。"马队说："我从来没有想过。"

第二天我跟马队递交辞职报告，马队没批。

马队找我谈一谈的表情是严肃的，其实我还看见他眼里充满了担忧。

马队长呼了口气跟我说："我当消防员第一次出任务，高空火灾救援，我们被困在楼梯间里，上天不能落地不可。门板被烧得殷红的时候我不得不联想起焖炉烤鸡，我们几个消防员都会被焖死在小房间里最终变成喷香的烤鸡。那个时候我也尿了,真的是要生死由命就管不了啥屎尿了,可尿完之后抖抖擞擞还不是汉子一个活过来了。"

我说:"这不一样。"

马队摆了摆手,笑着说:"这有什么不一样?"

我失魂落魄但也很坚定地说:"这本来就不一样。"

这一天是我二十五岁生日,我浅薄的阅历总算够我拿来捋一捋活着与死去的本质区别。其实我是捋不清楚的,这样的命题对我而言还太难。飞蛾扑火和凤凰涅槃这两个词其实近义,不过这中间还夹杂着胆小如鼠。比如我,我这个只会尿床的胆小鬼。

马队还是没给我批离职报告,他说:"自己的命根子,自己要把得住。"

我不肯定也不否定,我点点头有了主见说:"可这里是消防队,我尿得不是地方。"

马队拍了拍我的肩膀,意味深长地说:"我多想往你的命根子上,贴个创可贴。"

消防中队季度大比武又如期举行,我仍旧窝在家里思考如何重整尊容再出门,我还是没脸回消防中队。马队没给我批辞职报告,给我了一个月权当休假。马队说:"我们都先别忙着下决定。"马队先后来找过我爸好几次,都是谈城中村的消防整改问题。我听过他们的对话,我爸有点埋怨马队:"我儿子的辞职报告,你怎么不批呢?"马队犹豫了一会儿,说:"难道我们要他尿一辈子?"于是我爸不说话了。

在我家楼下的田径场,这次比武比起以往的比武更加喧嚣。田径场的鼓劲声和嘘声山呼海啸的时候,我拉开窗帘斜着眼睛往下看。这次比武有点别开生面,马队把宝来也放了进去。某种程度上而言,这场比武关乎我们内部文职和专职消防员的尊严。原因其实很简单,宝来这条大鲇鱼被马队放进了沙丁鱼堆里,作用是激发沙丁鱼的活力。

宝来短衣短袖站在田径场上看上去傻乎乎的,专职消防员们多少有些轻敌。我看见宝来脸上有了我从未见过的认真,发令枪响起的时候,宝来豹子一般率先冲了出去。负重短跑和爬楼梯两个项目遥遥领先,最令人称奇的是五千米空呼机长跑,宝来整整甩开了后面一圈。穿脱战斗服负重一百米和一人两盘水带连接这两个项目就弱一点,宝来输就输在他对设备的穿戴不熟悉。比武前没人能想到宝来会赢,宝来赢了的时候专职消防员们击鼓擂胸对自己发出唏嘘,说宝来这家伙果然是条鲇鱼,跑起来的时候不需要用肺呼吸。宝来赢的时候是我近段时间以来为数不多开心的时刻,我拍着栏杆为他欢呼:"宝来你个灰孙真是好样的!"我不确定我站在窗户前拍栏杆的声响有多大,反正应该不大。我看见在比武现场戴着袖标维持秩序的王晓慧抬头往我这边看了一眼。

中队的警铃响起来的时候比武才进行到一半,战备状态的消防员迅速出警,比武继续。可没一会儿,中队的警铃声大作,比武现场的消防员浑身抖了一下就放下手头一切的事情往消防站奔过去,整顿了没一会儿,整个中队的消防员全都杀了出去。

常识告诉我:这种场面叫作情况特别紧急。

我打开手机的时候正好弹出一条快讯,我们邻市的一个化工厂发生严重事故,火势还未得到有效控制,其间火场内部发生几次小规模爆炸,几个率先冲进火场的消防员已经不幸牺牲。临近的几个地级市的消防队正在开着泡沫车火速赶往事故现场进行支援。这条信息让我的心一下子揪了起来,我的心中立刻浮现出李海成的身影。不出意料的话,李海成现在肯定在事故现场。我拨了李海成的电话,无人接听,然后我打了王晓慧的电话,还是无人接听。我有点坐不住了,穿上拖鞋就往中队办公室跑。

中队的办公室里的电视机正在播放着事故现场先前的航拍画面,隔着电视屏幕都能想象事故的严重程度。浊白的浓烟中时不时地响起隆隆的爆炸声，鲜红的火焰从浓烟中蹿出来。王晓慧坐在电视机前，双手合十夹着手机做祈祷状。宝来参加比武的短裤都没换，一身臭汗地在电视机前踱步。

宝来嘴拙还是要安慰王晓慧，他不停地跟王晓慧念叨："没事的，没事的，你别多想。"

我出现在王晓慧面前的时候，王晓慧从呆愣的状态中抖了一下，面皮有些松动，大颗大颗的眼泪迸了出来，泣不成声地说："海成他不接我电话。"

我说："可能是他有其他事情。"

可这时候宝来极不应景补充了一句："出任务的时候哪里有空管手机。"

这话一出来，王晓慧浑身颤了一下，伤心的哭泣变为绝望的抽泣。

我瞪着宝来："你个灰孙赶紧闭嘴。"

宝来傻乎乎地回嘴："本来就是。"

其实我们都知道李海成如果出任务，只能是去了电视机上那炼狱般的现场。我们一直坐在办公室的电视机前，通过一切手段去获取事故现场的最新情况。可从手机或者电脑上获取的信息是有限的，电视上的报道也是。我们分别给邻市的所有朋友挨个打去电话，得到的反馈都差不多。消防救援车排成长龙进驻了现场，火场外围的居民全部被疏散，隔着老远都能听到发生事故的化工厂传来隆隆的爆炸声。王晓慧还在执着地一个接一个往李海成的手机拨电话，一直拨到手机没电关机了，电话却始终没接。王晓慧哭肿了眼睛绝望地看着我，愤愤地说："海成这家伙竟然敢不接老娘的电话，下次见面我不抽死他。"

其实这个时候我们都确认了，李海成去了现场，不过情况不明。

天亮的时候，电视上才播出火灾被扑灭的消息。其实后来我听赶去支援的消防员说，其实火情上半夜就被控制住了，下半夜主要是搜寻牺牲的消防员以及遇难的化工厂工人，画面骇人不宜播出。电视新闻中的航拍画面中，整个事故现场还看得见氤氲的水汽，俨然成为一片废墟。

刘指导员到办公室的时候脸皮绷得死紧，他走向王晓慧，犹豫了好一会儿才说："晓慧，收拾一下坐我的车走。"王晓慧还在呆愣，没反应过来。我问："去哪里？"

刘指导员说："去邻市，马队刚给我打电话让我带你过去。"

王晓慧这时抬起头来，吸了吸鼻子说："去干吗？我不去。"

刘指导员眼眶红红的，欲言又止，说："晓慧。"

王晓慧朝着指导员歇斯底里："都说了我不去，不去！"

海成牺牲了，牺牲了也就是不在了，永远不在了。

这时候海成正在殡仪馆的巨幅遗像框中，冲着我们微笑。为了保护李海成最后的尊严，我们都没能够见到他最后一面，包括王晓慧，包括李海成那伤心欲绝的父母。我想海成也不愿意让活着的人看到他最后的样子，他要永远有脸有面地存在于这个世界，而不是以蜷缩成一团焦炭的模样。在消防中队工作见过太多现场照片，其实我们完全能够想象，只不过不敢去想，不能够去想。

火葬场偌大的烟囱吹得呼呼响，把人变作黑色的颗粒呼呼地送到天上去。

海成的母亲是个坚强的老太太，她肿着眼流着泪浑身打着摆子愣是没有哭出声来。老太太一再要求带海成回家去，海成已经被火炼过一次，不能把海成再次推到火中去。接待室被哭声淹没的时候我们最后一次看见海成，这时候海成已经变作了灰色的骨块，被盛放在小小的木头匣子中。给海成合上盖子的时候，海成的母亲一直紧绷着的那根弦断了，瘫坐在地上号啕大哭。王晓慧在这个时候不得不打起精神来，她抱住海成母亲的时候喊了一声："妈。"

这个时候王晓慧已经有了海成的孩子，两个月。她抱着海成的母亲发下誓言："我要把海成的孩子生下来。"海成的母亲眼中闪着泪花，点点头然后又摇摇头："闺女，你糊涂哇！傻闺女。"

王晓慧告诉我，她第一次认识海成是在广东，那时候海成还在那边做消防员。

王晓慧大学毕业被大公司挖走其实纯属瞎扯淡，到了那个公司她才发现公司是打着成功学的噱头做传销的。王晓慧后知后觉，可无论怎么洗脑训练就是练不会怎么去骗人，于是只能自己骗自己。自己将自己骗得不仅一无所有，而且还欠下了一大笔网贷。当时她真觉得走投无路了，于是就决定走个捷径求个解脱。解脱的方式是站在高高的阳台上飞下去，刚准备好了往下跳的时候，海成如同神兵天降般从更高处系着安全绳跳下来将王晓慧紧紧地抱住。王晓慧因紧张就朝海成的胳膊一口狠狠地咬了下去，海成紧着牙关强忍着说："只要你好过，你就咬。"

那天王晓慧的伶牙俐齿将海成胳膊上的肉生生咬下来一块，松嘴的时候咽了下去。

海成牺牲之后，他的战友告诉我，其实海成本来是可以不用牺牲的。

爆炸发生的时候他们四个消防员趴在外围窗台上以阻隔冲击波，海成一条胳膊肌肉损伤，还废了一根手指头。战友说："他根本抓不住，他应该抓住的，可他没有抓住。"

这样的话，一字一眼对我而言都如同晴天霹雳。我知道海成废掉的那根指头意味着什么，那就是一根棺材钉，不仅带走了海成，还带走了我的现在，将来，乃至一辈子，它将永远深深地钉在我的心口。我的身子在瞬间变得松散，我再没有资格做到有效的站立。

于是我也天旋地转地一屁股瘫坐在地上，我的世界开始分崩离析。

我感受到一阵温热，我再一次不争气地尿了裤子。我不想对海成有一丝不敬，于是起身往外走。每一步都挪动得很艰难，浸在裤子上的尿失了温，冰一样寒冷且锋利。

我行尸走肉般回到第一次见到海成的那个巷子口。

我看见海成捧着一束玫瑰花，他笑起来的时候牙齿很洁白。

八

海成被盖着国旗送回老家那天我没去送他，一是没脸二是不敢。我退守到被窝里，一阵接一阵地尿床。尿多了身子就虚，我发了很严重的高烧，没日没夜做噩梦，梦中的蛇群鼠群山呼海啸乌压压向我涌来，鼠群啃食我的四肢，蛇群缠得我一阵一阵地窒息。

我还在梦中梦到王晓慧送海成回家的场景：王晓慧和海成牵着手走在无边的旷野中，后面跟着乌泱泱排成长龙的送葬队伍……

我想王晓慧这次走了，也许我再也见不到她。

往后的日子里，我眼中的世界是没有色彩的。我开始喜欢呆呆地坐在训练场边上看中队的消防员训练，他们在各种障碍物之间来回穿梭，翻飞跳跃。其实我是看不出具体内容来的，只不过训练场上有一个消防员，我就会看到一个海成，有一百个消防员，我就能看到一百个李海成的脸。我看到两个海成在空呼机长跑结束后趴在田径场边上嗷嗷吐，我还看到一个班的海成出任务回来的时候浑身烟熏火燎，只剩着眼白一眨一眨。

宝来问我："你亲眼见过从火场抬出来的尸体吗？"

我摇摇头说："没有。"宝来说："我见过，我亲眼见过从火场抬下来的尸体。"我问："谁？"宝来说："那人是我的父亲。一米八的个子被烧成了一米不到，胳肢窝夹着衣服碎片，四肢成了焦炭，蜷缩在担架上用白布盖着……"

我不得不从宝来的描述中再一次想起海成，我莫名其妙有些怒，冲着宝来吼："你个灰孙给老子闭嘴。"其实我很想跟宝来说，我见过的。只不过我不能说。我亲眼见过从火场抬出来的尸体蜷缩状，那就是马队的老婆，以及她肚子里的孩子。只不过那是一种很怪异的蜷缩，双手环抱着肚子，膝盖弯上来顶着，肚子是个圆圆的膨胀的球，裂开一个小嘴儿般鲜红的口子。尽管那个时候我被捂住了眼睛不让看，不过我还是看见了。

这个时候的宝来想做消防员，宝来也建议我跟他一块儿去做消防员，这个时候我们中队招专职消防员。我摆摆手说："我不行，我这体格就不去给消防队伍丢脸了。"其实我也有当消防员的想法，只不过想了想当了消防员要住在宿舍随时战备我就放弃了。海成牺牲之后我尿床的老毛病犯得很严重，我想消防中队并不需要一个穿着纸尿裤打仗的兵。我实在弄不明白宝来的脑子是否是肉长的，从他父亲牺牲的噩梦中还没醒，就敢毅然决然踏进另一个噩梦中。我严重怀疑宝来有个铁打的胆子，里面存着铁水一样的胆汁儿。宝来跟我说："承认怕，就是因为决定好不想再怕，要面对它。"

宝来说从他父亲牺牲以后他就一心想着当消防员，高中练习小三科体育，大学的专业是长跑。他的母亲不想他重蹈父亲的悲剧，只想宝来毕业了能当个体育老师就万事大吉。所以宝来在来消防中队的路上很曲折，他采取了迂回战术，先报了消防队的文职，寻着机会就做专职消防员。宝来有他自己的概率学理论，说，假如火场是个形象化的人或者鬼，先头已经带走了他的父亲，之后选择带走他的概率并不大，据此可推出他牺牲的概率微乎其微。

宝来恢复了单纯，傻得恰到好处地说："火场，就应该让我这种死不了的人去闯。"

宝来是马队一心想要的兵，身手好还够机灵。中队计划要组建一个消防特勤小组，就是要招一批宝来这样的好苗子。宝来报名专职消防员的时候，他的母亲红着眼眶来中队，进了马队的办公室哭得惊雷滚滚。宝来母亲和马队是老熟人了，马队当武警那会儿跟宝来的父亲是一个连队的。隔着门，我们听见宝来的母亲跟马队哭诉："宝来他爹已经贡献够本了，难道还要让他儿子宝来也跟着重蹈覆辙没个善终？"

就在马队要向宝来妈妥协的时候，宝来打开门进去的时候差点磕到脑袋。宝来站在宝来妈面前的时候像个刚干完坏事还不服气的孩子，拖着长音喊了声"妈"，然后下定决心说："我就想当消防员，从我爸牺牲的那天起我就想当消防员。"宝来妈当场就怔住了，惊诧地看着宝来，就好像看着宝来一点一点从她的儿子蜕成了另一个陌生人，惊诧之余语言都散了，失魂落魄地边转身边说："这些年我都白教你了，就连你都要抛下我去找你那死鬼父亲……"宝来激动了："不许这么说我爸爸。"宝来妈没有搭理宝来，轻飘飘地移着步子朝办公室外挪出去。宝来呆愣愣杵在原地。马队瞅了他一眼："还不快去追你妈。"

宝来一个激灵，"哦"了一声缓过来，追了出去。

办公室就剩我和马队了，马队沉着张脸站在原地踱步。我杵在那儿尴尬极了，留也不是走也不是。马队抬起头朝我扫了一眼，说："不走，还站在那里干什么，难道你也想报名当消防员？"我被马队惊了一下，鬼使神差说："嗯，我也想报名。"其实我刚说完这话就后悔了，我也闹不清楚我怎么会说这样的话。马队在我的回答结束之后愣怔了三秒，然后嘴唇颤了三秒，说："就你？开什么国际玩笑。"

马队的质疑似乎给了我一点血性，我说："我怎么，我怎么就不能当消防员？"

马队撇了撇嘴欲言又止，最后说："你给我滚出去。"

宝来和宝来妈在回去之后就是否当消防员这事赌了一次，听天由命的办法是在他父亲的遗像前抛硬币。字是报名，花就是不报名，规则是五局三胜。连抛了五次都是字，宝来妈怀疑宝来作弊，换了个硬币重新抛，七局四胜当消防员。当重新再抛了七次字后，宝来妈终于妥协了，给宝来他父亲上了一炷香，能做的以及能说的就只有祈祷："你在天有灵一定要保佑宝来好好的。"宝来说那天他晃了眼，看见他爸在相框里对他眨巴眼。

我拿着专职消防员报名表到马队办公室的时候，报名表已经皱巴巴的捏得全是汗水。在此之前我从未告诉任何人我这个决定，包括宝来以及我爸妈。马队拿着我的报名表端详了有十来分钟，其实就那几行身份信息完全没必要看这么长时间。马队终于放下报名表的时候，抬头问我："真下定决心了？再考虑考虑。"我愣了一下，然后点点头："嗯。"其实我也不知道自己真的下定了决心，只不过心里一直有个声音不停地提醒我，我应该这样做。这个声音有时候是我的，有时候是宝来的，大部分时候是海成的。

马队问我："那你爸能同意？"

我摇摇头，有些泄气说："不知道，还没跟他说。"

于是马队看着我，犹豫了一会儿，说："先不着急，听听你爸的意见。"

我爸的态度和宝来妈如出一辙，只不过我爸更为激动。我爸没听我汇报完毕就激动得要原地爆炸，挥起来的巴掌滞在半空要求我闭嘴，然后朝我吼："我太知道人是怎么被烧死的了。"我低着头嚅嗫了一声："所以才需要消防员。"于是我爸气呼呼掀了桌子："当初就不该让你去消防队。"

我爸气得肺炸的时候我熄了火，我呆愣着杵在原地的时候我爸气冲冲出了门。

马队在办公室很沉着地坐着，似乎都在他意料之中，他淡淡地说："消防员不是说当就能当的。"我爸早已先入为主，现在偏着头瞪着马队："老马你就是故意的。欠你的我一直都在想着法还，何必再把我儿子也拉下水呢？他不懂事难道你也不懂事。"

我知道我爸说欠着老马什么，还不清的，尽管我也知道我爸一直都在还。马队正在组织措辞的时候我挺出来插了一句说："我就是想当消防员，我就是想做点现在我觉得应该做的事。"见我爸作势准备阻断我的时候，我更歇斯底里了："火里闯水里蹚又怎么了，活着作为，死了是牺牲，这个世界上没多少人能够死得其所。"

我在说这句话的时满脑子都是海成，或者我觉得我就是海成。

我说完这话的时候我爸愣怔住了，答不上话来，咽了几口唾沫。我至今没法形容我爸当时的表情，至少不会是愤怒，惊诧中带着一丝莫名的东西，在多年以后我才明白我爸眼中那莫名的东西叫作一个父亲的欣慰。我爸愣怔过后努力给自己制造台阶，弱弱地说了句："可是你尿床，尿床怎么做消防员？"

我说，其实几乎是吼："不了，不会再尿了！永远不会了！"

我吼的时候看见父亲以肉眼可见的速度在迅速衰老。

我爸耷拉着眼皮看着马队，摊了摊手说："父债子偿，接着还。对，就是这样。"

马队怔了一下，嗓子被堵住了似的说："我从来没想过要你们还。"

入职前，我们得去省消防总队训练一年。严格来说，培养一个合格的消防员最少要两年。两年时间太漫长，所以先填鸭学了把式，然后下到各个中队接着继续练。参训之前我担心尿床会熏了室友，特意准备一包尿不湿，可真到了训练开始的时候才发现完全是多余。总队新来了个黑脸教官，以前是个武警特战。黑脸教官管体能，全程板着张脸，说："在我手上除了训练，吃喝拉撒都是多余。"我们酝酿出一个词汇，说："这有违人道。"可这又能怎样？

黑脸教官说:"充沛的体能,可以救人,关键时候也可以保住小命。"高强度训练了一天下来,一个刚大学毕业的小伙子尿床了。原因是练了一天骨头散架,睡在床上懒得动弹。我原本以为我会尿床,睡觉之前特意穿了纸尿裤。可是没有,头刚碰到枕头天就亮了,再没有什么东西能够闯进我的梦中来。

总队的训练场大得有些骇人,黑黢黢的柏油跑道打着旋涡似的一圈就是一公里。教官立得笔直给我们打预防针:"你们将在这个怪圈上反反复复跑到怀疑人生,以至怀疑自己的选择。"田径场旁边是一片烂尾楼似的建筑,那是消防训练塔。有几栋砖混的,真是烂尾。还有一栋是钢架结构,钢质的楼梯,上下跑起来打架子鼓似的咣咣响,我们叫这栋楼"老铁"。

六点起床早操,七点半整理内务吃早餐,八点体能训练,十二点唱歌吃午饭。下午两点半开始各种操法训练。七点看《新闻联播》,七点半接着训练,晚十点交接岗哨熄灯睡觉。

教官好心提醒我们:"奉劝你们不要睡得太死,半夜还有紧急出警训练。"

队列训练:齐步、跑步、正步、四面转法、跨立、立正稍息、敬礼、队形转换、步法转换、出列、请示报告。体能训练：长跑五千、三千、一千五、中短跑、俯卧撑、仰卧起坐、单杠、双杠、障碍板、蛙跳、蛇形跑、负重跑。消防基本业务训练：水带操、百米翻越板障、穿着消防服战斗、穿着空气呼吸器、穿着防化服、二节拉梯登楼、挂勾梯登楼、消防水带连接、消防射水。消防专业业务训练：消防车操、消防车驾驶员专业训练、特勤消防员训练、消防电话员业务训练、消防供水员业务训练。心理训练：器械、团队配合、心理辅导。消防业务理论学习：主要是火灾科学、供水、供泡沫干粉、消防器材设施操作。消防基本情况熟悉和预案演习：熟悉重点消防单位位置、总平面、生产经营情况，熟悉辖区道路、水源，熟悉灭火预案，定期进行灭火预案的演习……

高强度的训练是帮助我们怎么在火场中活下来，可实际情况是在训练中我们理解最多的是我们在火场中会怎么死。在五十摄氏度的环境中，消防员在负荷快速奔跑时，一旦超过五分钟，收缩压将达到一百九十毫米汞柱，我们或许会死于心脏衰竭或者脑出血。在高温环境下持续工作二十分钟，直肠温度上升一点五摄氏度。在火灾高温环境下穿着防护服实施救援，会大量出汗，即使坚持摄入水分，出入火场四五次后，平均的脱水量也会达到身体重量的百分之一，这个时候我们会四肢肌肉痉挛，气短，胸腹疼痛，五脏六腑像被拧在一起。

最恐怖的还是坠楼，训练之前，教官站在训练塔塔顶，往地上扔下来一个西瓜。

那西瓜落地的时候砸得四分五裂，我们没有办法不想起了我们肩膀上的脑袋。教官喊我们对已经稀碎的西瓜进行收殓，分开存放。皮是皮，瓤是瓤，红白相间。

我一一列举，并不是想证明我们的训练到底有多艰苦。

只是我有点不相信我都扛过来了，教官说这叫突破自我极限。

总队训练室搭了块黑板美其名曰"龙虎榜"，那是专门给我们参训人员打分的。理论上是黑板上的分扣光了就说明不适合干这个，立马卷铺盖走人。可实际上没人的分会被扣光的，教官总会想办法不让你的分被扣得太难看。

有志于消防并且通过筛选到这儿参训的人，起码精神是可贵的。

宝来这家伙长期盘踞"龙虎榜"榜首，我则永远是气喘吁吁跟在队伍尾巴上的吊车尾。宝来从"龙虎榜"掉下来过几期，全都是因为跑到队伍尾巴拽着我。负重五千米对于我而言绝对是一场噩梦,这场噩梦里没有令人毛骨悚然的蛇群鼠群,有的只是疲软、虚幻和上气不接下气的窒息感。我总在五公里出发的时候后悔脑子进水了才会来这个地方受这王八蛋的罪,我总会在最后一圈冲刺的时候听见海成在我耳边一遍遍喊我兄弟,我总能透过眼角的汗珠看见王晓慧站在终点线上等着我。

其实这个时候我已经不是自己了,浑身的骨头都被拆散之后只剩下机械地恍惚向前。冲刺的时候,宝来又一蹦一跶地滑到队伍的尾巴上跟我保持同步。

在我喘得恨不得把肺挖出来直接插上呼吸泵的时候,宝来凑过来在我耳边喊:"王晓慧。"

我没工夫搭理他,宝来继续喊:"王晓慧,王晓慧她又回中队了。"

我紧着牙关往终点冲,过了终点线的时候我栽在地上四仰八叉大口呼吸着说:"那又关我什么事。"

九

王晓慧再次回中队做文职,这个时候已经生下了小海成。

我和宝来从总队受训回来的时候专门去看望,小家伙吮吸着奶嘴躺在婴儿车里笑呵呵,鼻子和眼睛都像从海成那儿翻的模。王晓慧带着孩子和海成的母亲租住在城中村,本来我说可以来住我家的房子,反正我家那么多出租房。王晓慧看着我笑了笑,然后摇摇头:"不了。"其实我知道王晓慧是害怕我不收她的房租,从她决定选择坚强的时候她已经不再需要任何形式的施舍。我让我妈少打麻将,没事就炖只鸡过去照看照看孩子,顺便跟海成母亲唠唠嗑。我妈说:"你倒是发善心,人家晓慧又不是你的媳妇,生的也不是你的孩子。"我认真地跟我妈说:"那是我战友的老婆,以及我战友的孩子。"于是我妈看着我怔了一下,轻叹了一声说:"好好好,我的儿子总算也有长大成人懂事的一天。"

在总队训练的一年里我拥有了一个全新的概念,那就是战友。战友,就是并肩作战的时候你可以成为他,他可以成为你。宝来跟我说:"战友,就是随时可以为你赴汤蹈火的人。"

海成的母亲没事总是呆呆地站在阳台上朝着消防中队的训练场凝望,我们都知道她在凝望什么,她眼中的消防中队的训练场上,上蹿下跳训练的消防员都是她的儿子。我提着奶粉纸尿裤去看王晓慧的孩子频繁了,过度的热情让海成的母亲有些不适应。我跟王晓慧那段青春的过往其实已经不是什么秘密，有时候海成母亲会拉着我的手长吁短叹跟我唠："晓慧这苦命的孩子连婚都没结，糊涂哇，是我们家亏待她了。"我知道她想表达什么，于是我一再解释："我和晓慧只是同事，我和海成是战友。"海成母亲怔了下，又说："晓慧还是得有个依靠。"往下我就没敢再接她的话。回来的时候王晓慧送我到楼下，犹豫了一会儿跟我说："海成牺牲的事不单单是谁的原因，以后你还是别来了，影响不好。"我沉默了一会儿，说："好。"

我转身要走的时候王晓慧又叫住我，叮嘱我说："好好训练，注意安全。"

我郑重地点了点头，我想说点什么，但是我说不出话来。

本来烈属是可以直接安排进事业单位工作的，可王晓慧和海成的关系有些特殊。海成牺牲的时候还没有结婚，王晓慧也不算是海成的妻子。那就补办个手续呗，但也总不能海成都牺牲了还给他补一个结婚证吧？为了王晓慧的安置问题，海成所在的中队以及马队先后跑了很多单位，嘴巴都磨起泡了还是办不成。最后没办法，要了个烈属安置名额给了海成的弟弟海杰。可总归要给王晓慧一个交代吧，最后只剩下两个选择，要么去海成的原中队做文职，要么回来我们中队做文职。最终王晓慧又回了我们中队，马队把王晓慧的工作调到办公室做他的助理，这样月工资绩效会更高一点。消防文职的工资少得可怜，马队说亏了谁也不能亏待了烈士的孩子。

我去省总队训练的一年里，我爸没有给我打任何一个电话。或者说，是我当儿子的没能如他的意。这一年里我爸又进了一趟派出所，原因是打架斗殴。我妈说是马队跑上跑下把他捞出来的，其实并不是，马队只不过是做通了被打者的工作，赔了点钱私了。打架斗殴的起因是我爸配合消防队做城中村的消防专项整改工作，清理消防通道的时候拖走了几辆电动车。于是矛头都指向了我爸，先是说我爸爸犟驴一样太轴，我爸没有搭理。于是矛头从我爸身上转向了我这个儿子身上，取笑我说："尿泡子当了消防员，尿裤子尿到了省上去。"

我从省总队受训回来的时候，我爸看着我欲言又止，最终还是说了："你相信宿命吗？"

我愣了下："不信。"我爸"哦"了一声，接着说："我信宿命，所以我不想你当消防员。我们家欠着消防队一尸两命，我总担心会有偿还的一天。"

我咂了咂嘴，说："信则有，不信则无。"

我爸爸起身拍了拍我的肩膀，说："好样的，不过要注意安全。"

我和宝来以及其他十余名同期的消防员在总队受训回来，到中队报到，马队放下手头所有的工作亲自带着我们搞训练。回了中队也就意味着我们即将步入实战阶段，往往在火场最容易出事的就是我们这些刚学了点三脚猫功夫的青瓜蛋子。马队说："别以为在总队受训拿了优秀有多了不起，真正的火场的情况不知道比训练场复杂几万倍，随时随地都要人命。"回中队的第一节课是在室内上的，没收了手机以及一切电子设备，观看一些内部的事故现场影像资料。其实马队是在打擦边球了，事故现场的照片图像属于绝密资料，拿出来做警示教育当然是最好的教材，可认真追究下来也违规。马队一再警告："出了门，嘴上就忘了，心里一定要记得。"

马队教育我们说："我们消防员要救人活，首先要知道人可以怎么死。"火灾现场的尸体在一千多摄氏度的火中烧了两个小时，搜救的时候已经黑黢黢地堆在地上，像是淋了沥青的煤渣。还有死于火灾中爆炸，七窍流血的时候，其实五脏六腑已经被震碎。

这样的场面对于我们而言已经不能用恐怖来形容，那是一种比恐怖还要更加恐怖的血淋淋的现实。警示教育进行到一半，已经有新消防员忍不住捂着嘴冲去卫生间吐了，吐完又接着回来眯着眼睛东倒西歪坐着。我还好，胃里翻涌了几次还是强忍下去了。可马队还在继续，我从未感到过一堂课会是如此漫长。马队的语气越来越严厉，第一点说："如果我们消防员能准时到位，很多这样的场面是可以阻止的。"第二点的语气就是在警告了："如果我们消防员不听指挥，业务不熟练操作不标准，下场也这样。别以为牺牲会是个多么伟大的词儿，牺牲了就是死了，死了就是永远不在了。"马队说这句话的时候我又开始伤感，我不得不想起牺牲的海成。马队的警示图片还在放，其实这个时候我们好多人都已经眯起了眼。马队敲了敲桌子提醒我们睁开眼，这次的图片是火灾现场的一具烧得蜷缩的尸体，我一眼就辨出了那是谁：蜷缩的尸体的腹部膨胀得圆鼓鼓的——那是马队的老婆和孩子。

我的心猛地遭了一击，刺啦一声我只感觉后背凉得发麻。我触电般从座位上弹了起来，我几乎是惊叫："马森恺，你个神经病。"

马队一眼扫过来："出去。"

我逃离似的朝着门口奔，其实从座位上弹起来的瞬间我就尿了裤子。

我听见马队在我背后继续警示教育:"这是我老婆,以及我老婆肚子里我的孩子。"

一旦揭了秘,我听见台下的消防员感同身受般倒吸着寒气。

马队无比懊丧地接着说:"如果当时消防检查到位一点,如果消防通道不堵塞,或者我们消防员能早到一分钟,就不会这个样子……"

很久以后,我们消防员再次回忆起这入队第一课时,仍旧记忆犹新。我们一直不敢去想象马队到底要有多么强大的内心,才能把他最痛苦的东西拿出来反复回忆。

答案?是没有答案的。我们只知道马队是一心想让我们好好的。

回中队的头三个月里,队里基本没遇到什么特别紧急的任务。就算有火警,也是老消防员出动就解决。我们新消防员按部就班地进行着训练,上午练体能,下午练各种消防操。练得疲乏了,马队半夜三更在消防训练塔里点了几把火,然后紧急把我们喊起来突击演习。其间马队也带着我们出过几个小任务,比如贪玩的小学生把脑袋卡在栅栏里了,我们去把栅栏锯开。比如商场门口筑了一窝马蜂，蛰了好几个人，我们打开高压水枪给滋了下来。再比如我们遇到过一个刚失恋哭哭啼啼要跳楼的小伙子，我们气喘吁吁在楼下把气垫都充好了，这家伙接了个电话然后跟我们说他突然又不想死了。宝来快被这琐碎折磨得要疯了，警铃一响他就兴奋，出任务后希望却一次次落空。那架势如同刚学会了绝世武功，可是又找不到一个像样的对手。孤独，寂寞，百无聊赖。马队自然要干预一下，说："宝来我看你整天不盼点好的，就盼着哪里着火。"宝来笑得红口白牙的，说："绝对没有。"马队看着宝来点点头，长叹了口气说："我是舍不得让你们进火场啊，火场是什么，火场就是地狱。怎么能把人往地狱里推呢？"宝来说："那总要有进去的一天，不然当啥消防员。"

往后我们出了几次火警，传帮带，主要是跟在老消防员后头打下手。每一次都是刘指导员负责指挥调度，马队不放心，要亲自带队。往往我们跟在后边水带都还没铺展开，火势就被率先进入火场的老消防员背着灭火器给突突了。不过宝来就不同，他见到火就像是见到了娘，跑起来的时候两步并作一步率先突进了火场。为此他被马队严肃批评了好几次："灭火需要团队协作以及战术配合，个人英雄主义不仅会害死你自己还会害死你的战友。"每一次宝来总是咧着嘴憨笑："下次注意，下次注意。"可真到了下次，宝来还是犯老毛病。其实宝来已经改了，只不过他那身手即便放慢了，整个中队还是没人能追得上他的节奏。寻遍整个中队，宝来是没有搭档的。于是我这个最弱的，以柔克刚成了宝来的搭档。原因很简单，整个中队就我喊宝来这个灰孙喊得最大声。我总在对讲机里叫喳喳地喊："宝来你个灰孙跑慢点。""宝来你个灰孙赶紧把门撞开。""宝来你个灰孙赶紧把栅栏掰断。"

就算是睡觉做噩梦的时候我也喊："宝来你个灰孙赶紧帮我把这些蛇和老鼠撵开。"

自从在消防中队和宝来上下铺了以后，我尿床的毛病成了过去式。不可否认，我对宝来产生依赖了。在我这里，宝来和王晓慧其实没什么区别。

我又陷于噩梦中跟蛇群鼠群进行纠缠，我习惯性喊："宝来赶快来帮我。"

可这天晚上迎接我的却是宝来重重的一耳刮子，我捂着脸从床上弹了起来，怒不可遏地叫："宝来你个灰孙。"定了定神，我听见耳边响起急促的警铃声，宝来一边往身上穿戴一边催促我："愣着干啥，出任务了，快！"

十

四十五秒之后我们已经完成了登车,然后我们出发。

我洋相百出地在车上费力地往上拽裤头以及整理防火服上衣的穿脱拉链。

直觉告诉我,其实也不用直觉,我们都知道我们遇到严峻的任务。火光早已冲天,正朝着天上噼里啪啦地喷射着燃烧的碎屑——鸡窝一样的城中村终还是没能逃过失火的命运。

意外是真够意外,不过我们就是这么一支应对意外的队伍,一切意外都不是意外。

城中村的失火是在预期之中,但没人愿意接受。城中村就在消防中队门口,这火着得充满了讽刺性。初步探明原因是一个黑网吧私搭电路导致起火,网吧旁边是个小诊所。诊所下班前刚用医用酒精全面消毒,隔壁的火蔓延过来的时候,诊所内挥发的酒精气体发生了爆燃。我们抵达现场的时候,消防通道仍旧堵塞,这是个疑难杂症。居委会的正在帮忙挪动那些堵在路中间的电动车,可是时间不等人。火已经借着风势铺展开,连片地烧了起来。好几栋出租房已经被吞噬在火中,被困在楼上下不来的人正趴在窗户上疯狂地挥舞毛巾求救。我爸爸哇呀呀叫骂着那些乱停车的家伙,轰隆隆开来一辆铲车从路口推着进去。

还是我们中队的老规矩,先是建立现场指挥部,刘指导员外围坐镇指挥,马队率领攻坚组深入。我们在火点正面架设水枪阵地控制火势蔓延,升起云梯车对被困在楼上的人实施救援,同时还分出人手对火场外围的群众进行紧急疏散。马队率领攻坚小组在水枪的掩护下,深入火场内部进行人员搜救。与此同时,外围观察哨侦查的时候报告了一个令人头皮发麻的消息,火势马上就要蔓延至城中村丁字路口。那里有一家烟花爆竹专卖店,仓库囤积着大量易燃易爆品。于是再次分出宝来他们小组火速前往丁字路口架设移动水炮阵地,对正在朝着烟花爆竹专卖店蔓延的火势进行堵截。

只听轰隆隆几声,爆炸还是发生了,高温顺着城中村那些串联在一块的铁皮屋顶缝隙蹿到烟花仓库。只觉得整个火场抖了一下,火焰停滞了三秒,然后烧得更加旺盛。这样的爆炸并不同于一般的爆炸,它是噼里啪啦连续不断的,能听得出先是小鞭噼噼响,高升炮咻咻尖叫,然后是二踢脚砰砰的。最后是绚烂的烟花集中爆发,咻咻咻地带着优美的图案和色彩从各个窗户冲了出来。各种烟花爆竹的混响集中起来的时候，就是轰隆隆的巨响。那声音有点像矿场爆破，闷沉沉的，但是威力巨大。

爆破发生的时候，整栋楼前后左右晃动了几下，然后一屁股就栽坐了下来。

我能清晰地听到我的心跳，我朝着爆炸发生的方向喊："宝来你个灰孙。"

其实我是听不到我在喊什么的，我的耳朵在蜂鸣般尖叫。

探照灯下，我在烟尘弥漫的废墟中看见了宝来，他从一堆碎砖头的缝隙中艰难地挣出来。宝来满脸都是厚厚的烟尘，双眼通红，眼角渗着血渍。宝来颤颤巍巍站了起来对我做了一鬼脸，指着身后的废墟艰难地说："快救人。"然后宝来转身跟跟跄跄朝着废墟走了几步，他不自量力地想搬起一块砖头，弯下腰的时候哐当一声整个人栽了下去。爆炸发生的时候，高速飞行的物体击中了宝来的头盔。我歇斯底里地朝宝来喊："宝来你个灰孙！"喊得有些泄气，两腿有些发软，不过这次我站得踏实，没有一屁股坐下，因为我知道还有事情没干完。爆炸发生后，加快了火势蔓延的速度，半个城中村已是一片火海。

附近的几个消防救援站的战友也赶过来支援，几十辆消防车将城中村围住，架设水炮为城中村制造了一场倾盆大雨。马队率领内攻的攻坚小组呼吸器告急，退出来换人，火场内部的高温已经让攻坚小组脱水几近休克。参谋长指挥说："江河海，你们小组顶上。"我斩钉截铁说："保证完成任务！"马队更换了呼吸器之后坚持还是由他带队，参谋长瞪着大眼说："老马，你不要命了？"马队斩钉截铁地坚持："还是我带队，我熟悉情况，不至于他们进去之后瞎摸。"于是我们拖着水枪跟着马队开始了第二轮战斗，内攻的任务其实已经交给了赶来支援的其他消防救援站的战友。马队在无线对讲时下达的任务是深入火场开辟通道，挨个楼层挨个房间搜救被困群众。不恋战，讲究快和准。

搜救过程中我们遇到被困的王晓慧一家，海成的母亲在隔壁楼着火的时候打开窗户查看情况，被从隔壁楼窗口喷出来的火焰燎伤了眼睛看不见。王晓慧先把孩子送下楼之后再回去背她婆婆，从六楼背到四楼的时候往下的通道就被火势堵死了，恰好遇到我们开辟通道的搜救组。我卸下呼吸器戴在海成母亲的鼻息处，弯腰就要背她下楼。可海成母亲不让，眯着眼睛摸着我的脸说："别管我，先去救其他人。"这时候我才顾不了那么多，扛起海成母亲就往楼下走。送至楼下，我立即转身要回火场的时候，王晓慧喊我:"江河海,我在这里等你回来。"我想转身回答,但是我没有转身也没有回答,我的战友还在火场之中战斗。

我们攻坚小组的搜救工作进行到六楼的时候,水枪里的水呛了几下忽然就停了。无线电对讲中得知是因为一楼发生垮塌压住了水管,目前正在组织清理。没有了水枪,楼内部的火势又迅速蹿了上来,马队呼叫了支援,率领我们从楼道暂时退到了房间。

这个时候建筑北侧凹字形的底部中间位置发生煤气罐爆炸,又是轰隆一声碎裂响动,西北角的阁楼坍塌。我们攻坚小组被困在了六楼房间,扒拉着墙壁随着楼房一同倾斜。马队又在对讲机上呼叫了好几次紧急支援,得到的答复却是消防通道被垮塌的房子堵着,云梯车进不来,最好的方式是撤离到楼顶天台等待救援直升机。可往楼顶天台撤离的通道早已经是一片火海,房间的门锁因为高温的缘故根本打不开。况且如果将门打开,门外的火势蹿进来遇到氧气,又是一场剧烈的爆燃。

所以最好的方式只剩一个,那就是在原地等待,第三轮内攻救援小组正在赶来。

我们在房间里搜寻一切可用的物件用来堵住门缝中不断冒进来的烟,可堵来堵去还是徒劳无功,更多的浓烟来自天花板。我们想扒在窗口呼吸，可城中村这该死的握手楼，窗对面那栋楼也在剧烈燃烧，滚滚浓烟正朝着我们的房间灌。吱呀一声，那是火烧塌了承重墙，楼房的倾斜还在一点点加大，在噼里啪啦的燃烧中我们可以听见混凝土内部钢筋崩断的声音。

我们攻坚小组在楼房的三角区挤作一块，能见度其实已经很低了，我们趴在楼板上脸贴着地才能勉强看清彼此的轮廓。我的耳朵贴着马队的呼吸器面罩，我听见马队对着对讲机断断续续说："用干粉，不能再用水浇了，否则这楼随时会散架。"

其实这个时候我觉得我有必要提醒马队："你那对讲机早就在卧倒的时候摔成了八瓣。"

可一切都只能是潜意识，我压根说不出话来。说话是一件很费氧气的事，我的空呼机在卸下来给海成母亲戴的时候就已经报了警，现在早已经成了摆设。我的大脑在缺氧状态下早就一片空白，这样的空白是悬浮着的，身子轻得可以飘起来，脑袋坠在地上足有千斤重。

这一年多来消防训练所接收到的常识在重复警告我——你就要死了，无论你接受与否。

我在意识完全丧失之前艰难而缓慢地朝着马队扭过头

来,拼尽全力说:"马队,我对不起你。"

我想这是我最后做的一件有良心的事。

我坠在地上的脑袋也轻飘飘地升了起来,我以为我死了。

死了,就换了个环境。起码这个环境里不再有带毒的浓烟和稀薄的氧气,当呼吸不再是奢侈,我张开鼻息大口大口地呼吸。然后我再次坠入梦中,梦中还是有那么多蛇群和鼠群,它们从烈火和浓烟中涌出来。它们在我面前急停,然后我们进入持久的对峙。我都已经死了,无有恐惧,我歇斯底里:"来呀,都来吧。"一张一张的鼠头蛇脸都幻化成我的样子,鼠头露着龅牙,蛇脸吐着芯子,我也无比嫌弃我这张丑脸。我有点后悔死前没有留下遗言,如果能留,那肯定是追悼会上无须瞻仰我的遗容,因为那真的是不好看。

我挥起拳头向鼠群和蛇群发起了冲击:"我早就不怕你们了。"

击退了蛇群和鼠群,其实也就击碎了一个漫长的梦境。

梦境被击碎的时候,我在医院的病床上醒来。床单白得灼眼,我偏了偏头望向另一侧的心电监测仪。几条曲折的线条一波跟着一波往前走,这个时候我只想随便抓个什么人过来问问看我为什么还没死。实际上我是没办法做到的,我感觉我全身的骨头都被擂碎了,稍有动作就锥心刺骨般疼。

感受到疼的时候,我确认我没死。

我没死,可是马队死了,准确地说,是壮烈牺牲永远不在了。

我让人推着我去看了他最后一眼,火场的高温使得马队植上去的半张脸皮起了卷儿,殡仪馆为他修整遗容的时候留下的针脚像是爬了一脸的蜈蚣。我稍有好转之后躺在病床上见人就咆哮:"我这条贱命都能救回来,怎么马队就死了呢!"好几次我把照料我的小护士给吼哭了,我知道我不该这样的,她们把我归为英雄的那类人每时每刻进行悉心照料。

于是我只能对着中队的人吼,终于还是吼来的真相。

刘指导员淌着泪水,浑身颤抖着说:"马队,马队他把他的呼吸机摘了罩在你脸上。"

这样的真相,其实等同于让我死。既然我还苟活,那肯定是生不如死。

王晓慧抱着小海成来医院看望我的时候我已经能下床走动,进了病房我俩就相对无言,直到小海成用哭闹打破沉默的时候,王晓慧才红着眼眶看着我:"马队的事大家都很伤心,你也想开点。"我喉头耸了几下说不出话来,我把注意力转移到小海成那儿,我朝着小海成伸出手:"让叔叔抱一下。"小海成伸出娇嫩的小手抓了抓我的脸，我在想如果这小家伙会说话，他肯定会对我说："你走开，我才不要你抱。"

我和王晓慧去看宝来的时候，我把小海成抱在脖子上骑马玩，小家伙尿了我一身。王晓慧急忙把小家伙抱过去："怎么能在叔叔头上撒尿呢。"我乐呵呵地傻笑："没事，童子尿大补。"宝来这家伙属蟑螂的。送往医院的时候脑出血，心脏停了两分钟，起搏无效后医生都掐着表等着给他宣判死刑，这家伙愣是重新活了过来。只不过宝来再也干不了消防员了，伤了大脑之后，动作略显木讷，手脚不协调。我们去看他的时候，他正站在墙根捧着一块镜子练习大笑。不知是哪个医生支的招儿，据说大笑可以刺激大脑产生脑啡肽。宝来笑着对我们说："我就说我被阎王爷收走的概率低吧。"我咧了咧嘴哽咽了一下没搭话。我们离开宝来房间的时候，宝来继续捧着镜子大笑，笑着笑着就变成了号啕。

烟花仓库爆炸的时候，整个突击小组就宝来一个人活了下来。

烈士回家的那天，几乎整个城市的人都自发地赶到灵车必经的路段肃穆相送，这一天我第一次看见我爸爸哭。

胸脯剧烈起伏的时候，我爸爸咬紧牙关呼吸急促，眼泪大颗大颗从眼眶迸出来。我妈买了一货车元宝纸钱准备烧了让马队带下去花，我爸怒目圆睁朝着我妈吼："就别拿活人的那套去磕碜死人。"

马队的遗像被挂在我家墙上，头七那晚上我和我爸在河边给他放河灯。河面上来风的时候，莲花状的河灯打着旋儿越漂越远，河面上闪烁的烛光星星点点。

我爸跟我说："我们欠他的，永远还不清的。"

我沉默了很久，说："我知道，我是还不清的。"

河面上的风刮着刮着夹杂了沙，我的脸上淅淅沥沥挂满了泪水。我的梦境逐渐清晰了起来，这梦漫长极了，一做就是二十年。梦里有蛇群鼠群，还有王晓慧、李海成、马队，还有我们整个中队战友们出操时候的火焰蓝。其实我是不善于抒情的，其实我知道这并不是梦，那都是我一直在逃避的残酷现实。我想起来了，其实我从来没有忘记。

我一直以为我忘记了。

马队的老婆挺着肚子上楼回屋的时候，那是我的童年。

我一个人待在院子里玩。一楼的仓房蹿出来几只大老鼠，其中一只嘴里还叼着一颗刚偷来的大白兔奶糖。我说："该死的老鼠快滚开。"一只老鼠停了下来，回头挑衅似的望了我一眼。我那个气呀，从兜里掏出几个小鞭点着了朝老鼠扔过去。

小鞭一共扔了四个或者五个，砰砰砰响了三声。

一楼的那堆杂物冒烟的时候我抬起头，一条蛇率先从屋檐逃逸，舞着S形的优美曲线从我的头顶飞跃而过，重重地摔在地上蜷缩成一团，翻了肚白。冒起的浓烟越来越白，越来越白，扑哧一声橙色的火焰蹿了出来，越烧越大。所有隐匿在屋里的老鼠一股脑从浓烟中惊慌逃出，地上全是密密麻麻移动的黑点。一只老鼠的脚心踩过我的脚背，凉冰冰的。我听见浓烟之中有剧烈的咳嗽，然后转作声嘶力竭的呼喊。我抬起头的时候整栋小楼都被轰燃的大火淹没在其中，我看呆了，或者我根本没意识到发生了什么。

在马队牺牲后的很多日子里，我问过我爸爸很多次："马队知道吗？因为我。"

我爸说："当然。"

猪嗷嗷叫

一

猪走路的时候一点都不好看，尤其下坡的时候，像醉汉划拳。

身负重任，猪从北方的养殖场一路扭着屁股来到南方高原的村庄。为什么我要说它扭着屁股呢？因为它是头母猪，托付终身于村民发顺，负责繁衍。这里的繁衍包含着另外一层意思，坚决杜绝好吃懒做之人在脱贫和返贫之间不停地循环。这是一个修补短板难以突破的怪圈，一贯如此的事在人为，无论好事与坏事。

年久失修的土坯墙上搭着同样岌岌可危的房梁和破瓦,房檐之下是发顺乱糟糟的家。客台的一侧拢着火塘,火塘中杵着几根尚未干透的柴火棒子,不见明火,冒着浓烟熏着吊在火塘上面无物可装的几个编织袋。每个可视的角落都结着蜘蛛网,蜘蛛网一层层堆积起来,挂满了火塘升起的烟尘以及蚊虫的尸体。这是一个破败的农家,或者说它就不曾兴盛过。

自古破檐之下鲜有自视清洁之人,所以刚从宿醉中挺过来的发顺以及他邀来的酒友惺忪着眼,老岩打着哈欠,二黑朝着院子远远啐出一口痰,被狗吃掉。三人乃臭味相投同病相怜从而惺惺相惜的好友,唯一不同的是发顺在前些年忽悠回来一个少言寡语的媳妇,叫玉旺,少言寡语,一定程度上我们习惯将其归类为痴傻,发顺喊:"憨婆娘!"别人也跟着喊:"发顺家的!"一样的后缀:"憨婆娘!"

至少发顺还有一个女人可供他呼来喝去,所以发顺更加神气一些。有理的,无理的,他都要呼来喝去。甚至于,昨夜三人大醉之后,发顺揪醒睡梦中的玉旺,为老岩和二黑表演打婆娘这个节目。绝非周瑜与黄盖,玉旺的一贯示弱和一贯隐忍,不断加重着发顺的这股男子本位的戾气。

"憨婆娘!水腌菜好了没有?"发顺在客台上喝着,前一句喝给二黑和老岩听,是炫耀。后一句喝给村里人听,所以声音很大,因为村子很小。发顺的唯一长处,贫穷得善于自欺欺人并苦中作乐。基于一无所有,这算是一种乐观。

"好!"玉旺的声音从偏房传出来。玉旺的眼角还余留着昨夜发顺"表演节目"的青痕,此时玉旺正伸手朝着一个缺边少角的坛子深处抠。劣质的坛子里盛着大部分发霉的腌菜,所以希望在深处。

当然,今天发顺家有点人样的还有被请来杀猪的黑顺。黑顺是个小老头,焦瘦,干巴。因为没有一处是大的,黑顺在火塘边咕噜噜抽水烟筒的时候,三分之二的脸皮要用来蒙住烟筒口。普遍公认的,黑顺是个没有原则的杀猪匠,将杀猪视作为他的一种复仇,号称方圆十里唯一的也是最精巧的杀猪匠。

以村庄为中心的方圆十里,都是山。

二

猪还小,长了架子还没开始结膘。

猪圈失修漏雨,猪圈在雨季积蓄的泥塘,入冬还未干涸。猪喜群居,落单的猪娃不好喂养。简易而又枯腐的猪圈栏才打开过半,里头的单猪便迫不及待地冲出,从人的胯下钻入，从另外一个人的胯下钻出。还未结膘的猪最灵活，紧实的皮子下没有多余的脂肪累赘。前蹄短粗有力，后腿细长有力。这是起初自然给予猪觅食和逃生的造化，这只落单还未肥化的猪最大限度地保持了本能，这是优势。

磨刀霍霍，还要猪活着，这是故事安排。

当然，为了敬神，准备了香纸，充满了仪式感地宰杀一头猪。这里，是万物有灵的南高原。另外，还准备了茶叶、糯米和酒水。玉旺寡言但不呆巴，不忘习俗，要为一头猪超度亡魂。杀猪的人要下地，死了的猪要升天。

虎视眈眈，这里的虎视眈眈是相对的。发顺一干人等虎视眈眈盯着出圈的猪，院里的猪也虎视眈眈盯着围着它的一干人。人与猪的对峙，人为了吃肉，以便下酒，猪也察觉到人的不怀好意。人前进，猪后退。猪屁股擦到墙根的时候已退无可退，所以猪哼哼，从低沉转向慌张的激昂。单枪匹马的猪，人多势众的人，局势足够明朗。

杀心已定的糙汉眼中的猪，只不过是暂时会挣扎几下的肉。

发顺张着蛇皮袋，准备套住猪头。

二黑备着结好扣子的绳索。

老岩在大醉中夸下海口，从黑顺手中夺权。持着尖刀，今天他做凶手。

被夺权之后的黑顺站在一边，口授着杀猪的经验。不过，似乎现在没人听他的。

猪哼哼着，有时候猪哼哼比人哼哼好听。比如现在，猪哼哼得就比较有内涵。说明一个重要的问题，此猪非彼猪，因为它还未见刀眼却先红。红眼之兽类并非善类，绝非漫不经心听天由命之辈。当然，这句话是从人那儿得来的经验，人本兽类，人如此，猪更如此。

猪边哼哼，边低着头寻着地，两只前蹄刨着光滑的水泥地。发顺张好蛇皮口袋顺势往猪头套去，猪一惊，后撤两步，发顺套猪头的动作落空，收不住力的发顺往地面上摔了个嘴啃泥："奶奶个奶嘴！"顺便吮了吮嘴唇擦破流出的血，往墙角远远地啐出一口带血的痰，爬起来往掌心啐两口唾沫，搓了搓拍拍屁股。后退两步的猪摇摇晃晃的屁股抵近二黑，二黑顺势一把揪住猪的尾巴，往上提。猪尾巴往上提，后腿悬空使不上力气，所以猪嗷嗷叫，前蹄往前刨，二黑跟在猪屁股后边提着猪尾巴跑："快点来帮忙，别看猪小，特别有力道！"

老岩放下尖刀，揪住猪耳朵。

发顺作势捉住猪的右前蹄，想用绳索将右蹄和左蹄捆牢。

黑顺站在案桌上吆喝："推过来，推猪过来，我抓住猪鬃把它提上来！"黑顺口中所谓的"提"不过是基于他半生屠猪所积攒下来的一刀毙命人人皆知的口风。也正因为这样，没人质疑，包括揪耳和提尾巴往上拽的。

这是一场人多势众的必胜之仗，所以猪嗷嗷叫，声音有些嘶哑和绝望。人往案桌攥，猪往案桌边上靠。

推至案桌下的猪嗷嗷叫，众人齐心协力："一……二……"

绝不是黑顺的功劳，猪被抬上一米多高的案桌之上侧躺着，二黑放下紧揪的猪尾，双手钳住猪朝上的右腿，用力别着。黑顺向下一压，用身子按住猪的腹背："老岩，你掐准猪大腿的酸筋，让它使不上力气。发顺，你别提猪耳朵了，快去拿绳子来捆住猪嘴。"被众人控制在案板上的猪还在案板上嗷嗷乱叫，悬空在案板之外的部分激烈地摇晃，咧着沾满腥气白沫子的猪嘴嘶嚎。每一声悠长嘶嚎声从起来到落下，都伴着以身压猪的黑顺在猪腹背处上下起伏："老岩你快拿刀……发顺赶紧捆住猪嘴，然后提着猪耳朵！"

所以猪的嘶嚎持续不了多长时间就变成了憋而不通畅的呜呜声，因为它的嘴很快就被发顺捆牢扎紧。

完全受制待宰的猪此时唯一能用作防卫的部位只剩下

眼睛，它侧躺着。朝上的眼睛恶狠狠地看着朝它身上忙得团团转的人。从猪的视角里，最先看见捆嘴巴的发顺这会儿紧紧扯着它的耳朵，手指紧紧地抠着耳朵上钉着的蓝色号牌，余光向后方扫见俯在它身上焦瘦的黑顺。它还感觉到后腿受制，无奈猪脖子上只有一条筋，无法大幅度转过头来看见别住它后腿的二黑。

你见过绝望吗？关于一头猪。

案桌上的猪突然停止了激烈的挣扎，鼻子出声，呜呜着。

黑顺："都好好搵紧啰！这畜生开始蓄力了！"

黑顺："尖刀已经够锋利了，老岩你快点……"

如果这会儿再从猪的视角看，那个持着尖刀走近的猥琐男人就是老岩。老岩终得偿所愿，昨夜醉酒之后夸下杀猪的海口今日得以实现。没酒做胆，酒醒的老岩可没有那么勇敢，他颤颤巍巍持着尖刀，无从下手。

黑顺："愣着干吗！快点过来捅，我们搵不住了。"

老岩："要从哪里杀进去？没杀过。"

随着案桌上的猪又开始发力，别着猪后腿的二黑有些别不住了："没有杀过猪，昨晚上灌了几口麻栗果（自制烧酒）你吹什么牛！快点来杀进去！"

老岩:"……"

趴在猪腹背的黑顺在猪的喘息声中起伏:"从脖子往左下方深深地戳进去,干穿它的心!"

战战兢兢持着尖刀的老岩右手放低刀尖,伸出左手试探性地指了指猪脖子的部位:"要从这里扎进去?"

"是嘞!是嘞!猪嗓进,扎猪心。要扎猪心,要从猪嗓进!"

"使点大劲,千万杀准一点,不然血喷你一脸。"黑顺匍匐在猪身上传授着有关杀猪的经验,猪又开始挣扎,他有些不耐烦。

找准了一刀致命的部位,老岩右手握紧刀把,蓄力准备往里面捅。发顺揪紧耳朵好让老岩的左手端起猪头。发顺媳妇也端着接猪血的盆,盆里放了少许的水和盐巴。尖刀在猪脖子处比画寻找最佳的下刀口,最终抵在猪嗓处。"那我就杀进去了!"老岩在地上搓了搓破拖鞋的底,双脚踩实,握紧刀把,抵进。

猪也感受到了尖刀一点点地正往肉里扎,它开始奋力挣扎。呜呜呜,嘴被捆牢,头端在老岩左手上。"那我杀进去了!"托在手上的猪头挣扎得越来越厉害。

"废话多!你倒是快杀呀,按不住了!"二黑别住猪后腿的手有些疲软。猪在发力做最后的奋力一搏。

发顺:"杀准点,我家没存款。"(南高原的传统,有经验的杀猪匠能一次性放空猪心室的血。而心室的血放不空,吉利的说法,腹心血越多,主人的存款越多。)

"等等等,先用刀背敲三下前蹄再杀进去。"黑顺急忙阻止着,还有工序没做完。

蓄力待杀的老岩收回力气,照做。黑顺的话是不可违抗的权威,至少在杀猪上,是这样的。案桌上的猪挣扎得越来越激烈,这是垂死的挣扎。焦瘦的黑顺几乎全身的重量都压在猪的身上。

老岩第一敲,猪看见尖利的屠刀,挣扎。

老岩第二敲,猪看见老岩紧握的刀把,是放血槽,全力挣扎。

老岩的第三敲,还没来得及落下,猪还在奋力挣扎。

是的,最终第三下没落下,因为腐朽失修的案桌率先散架。案板和猪,以及俯在猪上的黑顺的重量重重落在二黑的脚背上。

的确有些意料之外。"嘭……啊……"这是案板落在二黑脚背上以及二黑吃痛的声音,前者带着腐气,后者带着劣气。

二黑受痛而放开别住的猪后腿。这是猪的机会,猪健壮有力的后腿落地从而受力，弹地而起："嗷嗷嗷！""啊啊啊！"猪在嗷，人在啊，惊慌失措，人比猪还要惊慌。因为压在猪背上的黑顺跟着案板落下，又被惊慌的猪驮起。黑顺在猪背上，越惊慌，他反而越抓紧猪鬃。因身载负荷，猪急切想要甩脱，所以猪嗷嗷叫，挣断了前蹄的捆绑，弹地而起后又跃身疾行。疾行的距离很短，止于院墙。猪急停，黑顺这把老骨头在惯性和重力的双重作用下，摔在地上。嘭！尘土飞扬，像极了一口痰落在尘土上。

猪嗷嗷叫，红着眼，在院墙下杠着脖子，呼呼喘气刨着蹄。

"哎哟哟，哎哟哟！"蜷在地上的黑顺揉搓着纤细干巴的小脚杆："哎哟哟，手疼！"转而又拍了拍头顶上的尘土："哎哟哟，好像是屁股疼，不，腰杆也疼。"

黑顺的这种疼法多少有些不够具体，锈迹斑斑的老部件因坠落而抖落下来些许锈迹，只不过锈迹之中包裹的是一副老骨头。或者这种疼法在于一个精于一刀毙命的老屠夫在案桌上放跑了一头猪，这种疼法叫作失魄，也可以叫作一个屠夫的晚节不保。

"哎哟哟，哎哟哟！"黑顺仍旧蜷在地上，想等人来将他搀扶起来。他将这个视作台阶，杀猪匠最后的稻草。尽管他完全可以自己起来，尽管不会有人去扶他。

受伤最严重的是二黑，百斤的重量砸在脚背上。不过他的疼痛不像黑顺那样广泛，就是单纯脚受伤了，脚疼。他抱着开始发肿的脚一点点挪坐在客台上，两只手紧紧捏住脚杆子，不让血液往患处淌。这种砸伤，起初的疼痛在于麻木，这是疼过极限以后的一种自我保护。发顺一言不发，咬着牙。发顺媳妇想去管他，又不敢。

自家杀猪，不但猪没杀死，还伤了人。发顺自然火冒三丈："老子今天一斧头劈死你个畜生！"疾步进屋寻找斧头。可是家里没有斧头，转而找榔头，可是也没有榔头。匹夫之怒是最为廉价的，发顺即匹夫，对现实最无力的那种，所以他掀翻了屋内的桌子。

发顺媳妇走进去收拾残局，发顺骂骂咧咧又走出屋来。

"黑顺大爹你有经验，接下来咋整吗？猪都放脱了。"发顺阿谀。

此时的猪在院墙角，喘息着红着眼瞪着人，一并还有鸡飞，狗吠。这是在跟人示威，或者这头猪在想亡命之法，反正红眼的猪即是兽类，不再是家畜。

"现在可不好办了，案桌散了，按猪的人也受伤了。"被玉旺搀扶起来的黑顺坐在客台上咕哝。

"都怪老岩，都说要用刀背敲三下猪蹄才可以杀进去。年轻的后生啊，气盛！"这是黑顺即时总结出来的失败原因，第一是推卸，第二还是推卸。他是方圆十里最好的杀猪匠。

老岩蹲着一言不发，双手捏着受伤的脚，痛且失神。他没想到一头猪求生的时候所爆发出来的力量是那么猛烈。他一言不发，蹲着，像个过失杀人的悔罪者。尽管他杀的是猪，尽管他杀的猪现在还活蹦乱跳的。

发顺急速升起的怒气也急速地退去，显然，他不具备积蓄怒气转化为勇气的能力。于是他不得不再走到黑顺跟前阿谀："黑顺大爹，你经验丰富，你肯定有办法把这畜生杀掉！"

"办法也不是没有，就是腰杆有些疼！"黑顺唏嘘着，用有点疼的手掌扶着全无大碍的瘦腰杆。

"黑顺大爹，这样吧！先把猪杀了，你提着猪腰子回去补一补腰杆。"发顺赔着笑脸。

"杀是可以杀，就是没人按猪。匹子猪架子大，瘦肉多，力气最大。"黑顺关于猪腰子的目的达成，但是还另有盘算。

"猪下水你提着回去吧！我家不吃那臭玩意儿！"发顺再说。

"要不,在村里再请几个人帮忙按猪吧?"玉旺怯怯说道。

"一边去,男人的事女人别插嘴。"发顺瞪了玉旺一眼,"多请一个人来按猪,就得多一张嘴。"玉旺悸于发顺的余威,退去。发顺的盘算丝毫不顾及一旁的二黑和老岩这两张他盘算在内的嘴。二黑和老岩心不在焉,反正他们认了真理,今天待在发顺家有肉吃。

"要不用榔头直接砸吧。就像杀牛一样,先砸晕了再杀。"老岩回过神来。

"或者,干脆在猪身上泼水,然后拉电线电死它。"坐在客台上的二黑稍有恢复,"对,用电,直接电死这畜生。"二黑欲报砸脚之仇。

虽然同样是要猪的命,不过现在讨论出来的方式已变成了几个人对一头猪的行刑。一旁默不作声的玉旺悄悄收起准备好的香纸和茶米。

"那就直接电吧,省事。"黑顺决定。

"那就直接电吧,电死它。"发顺附和着黑顺。实际上,发顺家也找不出一把斧头或者榔头。

杀猪的过程中途歇了半个小时,现在继续。二黑的脚受伤了,没法参加杀猪了。他疼得没有人样,因而没有坐相地瘫在客台上。脚背发肿不过没有伤及骨头,在玉旺打来半盏劣质白酒之后，自顾自地开始揉脚。老岩打趣："二黑，不杀猪你还待在这干吗？回去吧！"

二黑咧着嘴："我要等着吃肉。"

这次是黑顺拿刀，老岩提溜着水桶握着瓢准备往猪身上浇水。发顺扯来电线，零火分开各自拴在长杆子上。

院墙角的猪继续与人对峙，从案板上侥幸逃生的猪草木皆兵。三人走近，猪先是后退然后向前冲向三人。猪向前冲，人往一侧避让。老岩瓢里的水泼过来，猪向前一跃。水再泼来，猪嗷嗷着再次朝着人这边冲过来。一桶水泼完，战意十足的猪也被全身浇湿。

"发顺，快电它，快电死它！"挥着空瓢的老岩喊。

老岩喊，发顺电。发顺持着两根拴了电线的杆子朝满是防备的猪身边试探："那我电了！黑顺大爹准备杀！"

左手零线，右手火线，杆子朝着湿漉漉的猪身上一次又一次地试探。猪还在跃跑，最终被三人围在角落。接下来就是零线和火线相碰产生的电流在猪的身上贯穿，猪就晕了。黑顺的尖刀再杀进去，猪就彻底死透了。当然，这只是预想。

即使猪再一次身处绝境，但猪还得活着。这也是故事的安排，据村子的扶贫干部李发康回忆，这一年的村子杀猪，真的有一头猪在零线火线的包围之下顺利完成逃亡。所以，我讲的，还真的是真事。

零线和火线即将在湿漉漉的猪身上相碰的时候，门口来人了。来人正是扶贫驻村干部李发康，发顺家是他的重点挂钩对象。砰砰砰！李发康的敲门声急促，一边敲门还一边叫喊。不过猪嗷嗷叫，听不清李发康的叫喊。

"玉旺你聋了？还不快去开门！憨婆娘！"发顺举起长杆对玉旺喊，然后又放低杆子往猪身上伸。零线碰到猪的时候猪又冲向人，火线放空。

玉旺打开大门的时候，三人还继续在狭小的院子里赶着饱含斗志的猪。大门彻底打开的时候，三人还没能把猪电翻。不过大门打开倒是一个亡命的大好时机，猪又开始奋力冲锋。首先朝着黑顺的方向，这次猪奔得更快，黑顺来不及避让，疾奔的猪钻胯而过。黑顺这把老骨头再次被驮在猪背上，再次被带出，砰！又摔下。

人咿咿呀呀，猪嗷嗷哇哇，冲过黑顺的猪往敞开的大门冲去。猪来势汹汹，李发康还在门前。"队长吆住它！"话还没说全，猪便从李发康的胯下钻过，跑出发顺家。李发康个子高大，所以猪没有将他带翻。猪从李发康的背后跑出，李发康继续往发顺家院子里走："发顺你这是干啥呢？这猪还杀不得呀，杀不得。"李发康来的本意就是阻止发顺杀猪的，此时猪已跑远。

"我的年猪哇！跑了。"发顺一怔，将手中拴着电线的杆子撂在湿漉漉的地上，往门口跑，追猪，冷下准备对他严厉说教的李发康在院子里黑着脸。发顺撂下杆子跑没问题，可是穿着一双破拖鞋在泼水的老岩却中了招，噼噼啪啪在湿漉漉的地上触电，战栗，晕厥。所幸电路短路电闸自动关闭，捡回一命。老岩触电晕厥的过程很短，在李发康回过神之前就已经结束。李发康愕然，发顺家的院子乱作一团。这里的乱包括瘫在客台上抱脚的二黑，被猪掀翻在地还没爬起来的黑顺，在地上触电晕厥的老岩和一地弯曲打结的电线，以及早些时候散落一地的案板和桌子腿。这比乱还乱的场景，已经上升到一个高度，化为一种心境。

以辣居多的五味杂陈在此刻被打翻一地，火从即刻起，李发康却也无处发："狗日的发顺，发顺！"这是李发康参加扶贫工作以来首次对贫困户骂狗日的，虽然也可以将这个狗日的看作无实意的语气词。不过李发康有这个权利骂发顺，李发康是发顺的亲堂哥。

"发顺，发顺，狗日的发顺！"李发康在找狗日的发顺，可是发顺此时不在院子里，无人回应。此乱的始作俑者和助推者——发顺和他的猪,已经跑出家去。猪嗷嗷叫着亡命,发顺突突跟在后边追。

三

村子很小,猪跑起来的样子一点都不好看。

可两种情形加在一起,就成了全村的一道风景。像是一场闹剧,哦不,是一场啼笑皆非的喜剧。

"看,奔跑中的猪和发顺是多么滑稽可笑。"作为观众的村民中有人道出实情。

可不会有人向发顺伸出援手,绝不会有。发顺十几岁开始至今,不知从何处学来的好吃懒做以及小偷小摸早已耗尽了村里人最后的耐性。偷东家的鸡鸭,撒西家的鱼塘,欺负北家的孩子,放火烧南家的菜园子,药死这家的狗,掐死那家的猫。勿以恶小而为之,发顺用了三十多年时间将这种小恶做绝,做到极致,所以发顺是将众怒惹犯到极致的人。帮他很容易,不帮他也很容易,人之常情。村子很小,村民也很少,这样团结一致地对外,很显然,发顺被见外了。

猪跑起来的时候,四只蹄子前跃后刨,其间伴随着一个抖动的过程。肥猪抖膘,而瘦猪抖着松垮垮的肚皮和耳朵。从发顺家死里逃生的猪贯穿村庄土道,嗷嗷叫着向西亡命，发顺跟在后边气喘吁吁地追。亡命的路径途经村庄绝大部分人家的门口，村民纷纷掩住大门，顺着门缝往外瞧。猪在前面跑，跟在后面的发顺有些跌跌撞撞，边追边喷着唾沫星子叫骂："杂种，杂种！"

骂猪，也像在骂人。可是猪不回头，嗷嗷嗷向前跑。

发顺力不从心地追，边爬边嚷："杂种，憨杂种！"

村民的门缝中有人奚笑："哈哈，发顺家的猪疯了！"不过发顺听不到。此时这条村庄土道上充斥着猪的嗷嗷叫，发顺的叫骂，以及猪亡命奔逃的过程所卷起的尘土，还有少量的猪粪。

不一会儿，猪亡命奔逃的路跑到了尽头。村西边是个截断的土崖，懂得逃生的猪不笨，所以它掉头往回跑，可往回跑的路被追来的发顺截住。

人与猪在土道上对峙。"哟哟哟！你倒是再跑哇！你个杂种。"截住猪的发顺嚷嚷着，灰头土脸，气喘吁吁。猪嗷嗷叫，向着土道的侧边往回冲，被发顺一脚蹬在拱嘴上堵回。猪嗷嗷叫，后退一截与发顺保持安全距离，前蹄刨地："嗷嗷嗷！"挑战发顺最后一点耐性。还是唾沫星子飞溅着，发顺臭骂的语言和唾沫星子一样散乱以及不卫生。发顺沉不住气了，弯腰抓起路边的石头和土块朝着猪所在的方向砸："杂种，老子今天把你砸死在这里！"大石头搬不动，小石头砸不准，土块一扔就碎，发顺徒劳无功，累得够呛。作为一个人，在一头猪这儿屡屡挫败，用气急败坏形容发顺的现状再准不过。现在的情形似乎比自家院里还要糟糕，一人一猪的狭路相逢，猪是无畏的勇者。"这猪成精了，还是疯了？"发顺打量，胆怯起来的时候，发顺想求得支援。

"老岩、二黑、玉旺，都死哪儿去了！还不快来跟我一起把这杂种撵回去！"村子不大，但是发顺的叫喊声很大，往外喷着沫子。即使发顺不叫，玉旺、黑顺以及李发康也正在赶来的路上。

"这几个杂种怎么还不来帮我！"发顺再一次叫骂，在叫骂声传出的同时发顺手中的一块石头飞向猪。叫骂声传进了猪耳，石头在猪的一侧空空落下。事与愿违，这反而又使得原本紧张的猪再次受到了惊吓。所以猪再次杠起头来朝着发顺截住的方向冲锋，受惊的猪此时多了一股子莽撞，像炮弹一样向着发顺射过来，无畏前方有什么阻挡。

"啊！"吃痛声先于叫骂声脱口而出。发顺被射过来的猪迎头一撞，再被猪拱嘴向上一挑。砰！没有任何悬念，发顺被掀翻在地。

"猪真的疯了,疯了!"发顺痛喊。撞翻发顺的猪没有停留,径直往回跑。发顺也迅速爬起,顾不上拍一拍身上的尘土,竭力跟在猪后边追。得快点结束这一场人与猪的追逐了,这场闹剧吸引了几乎全村的人成为观众。隔岸观火的快感在于能看到发顺的灰头土脸。

"猪疯了!肯定是。"人们议论。"还没有见过猪疯了呢!""那你今天好好看看。"人们议论。猪还在前头嗷嗷疯跑,发顺跟着追。

"猪疯了?不会吧!"正在赶来的玉旺、黑顺和李发康一行人听到发顺的叫喊,加快脚步。

嗷嗷亡命的猪再次奔回村中央,这里是个十字路口,猪停了片刻。南边路玉旺一行人已经赶来堵上,西边有气急败坏的发顺追上来。猪要立即做出逃亡方向的决断,因为李发康和黑顺正悄悄往另外两个放空的路口上堵过去。

南边路口只剩玉旺一人,玉旺结结巴巴吆猪:"哟哟,啰啰,来来!啰啰,哟哟,来来来!"这种百试百灵的吆猪号子在今天宣布失效。地上无食,人又慌张,这头猪在生死边缘安装了逃亡之心。

猪扭头,朝着北边的路口又开始奔袭。

堵在北边路口的人正是已经被猪掀翻两次的黑顺,黑顺自然清楚此猪的厉害，不敢再靠近像炮弹般射过来的猪。李发康喊："堵住它，堵住它！"黑顺战战兢兢靠在一侧的墙上："让它跑，让它跑，跑死它！"追猪的发顺也赶到这里："喂！狗日的黑顺，堵住他！喂！狗日的堵住它，那边是林子，猪窜进去就难撑了。"

形势所迫，黑顺无奈，伸手追向刚擦肩而过向北奔出两三米的猪。之后，是黑顺揪住了猪尾巴，然后猪再次将干巴的黑顺在地上拖行。尾巴负载黑顺的猪奔跑受限，停了下来。猪掉过头来看向揪着尾巴的黑顺，黑顺也看着猪。又是人与猪的对峙，黑顺率先败下阵来，他松开手里揪住的尾巴，双腿微软向下屈："这猪的眼神怎么那么像一个红眼愤怒的人？"黑顺这么想的时候，猪嗷嗷张大拱嘴向着黑顺扑过来。"啊啊啊，妈呀！"黑顺即将成为历史上第一个葬身猪口之人，而且黑顺是个杀猪匠。可是没这样，扑上来的猪嘴并没有在黑顺身上咬合。嗷嗷扑过来的猪喷了黑顺一头一脸的腥臭沫子，黑顺蔫了，猪继续向北亡命。

李发康赶来，拉起黑顺："猪，猪呢？"

黑顺心有余悸："成精了，跑了。"李发康紧追上去。

发顺也到达："狗日的，我的猪呢？"

黑顺拉了个呻吟的长调——"成精了！"

发顺紧跟着李发康追了上去。心有余悸的黑顺继续留在路口，两条干巴纤细的小腿打着战，瘫坐着嘟囔："再也不碰这猪了！给十副腰子也不干。"玉旺欲扶起瘫坐地上的黑顺，黑顺有气无力地说："让我缓一缓！"

"你家那猪成精了，你信吗？"黑顺像是在自言自语又像是在问玉旺。

"信！"玉旺回答。

"听过牛马成灵，麂子马鹿成仙，大象狗熊成圣，猫狗成神，就从没听过猪也成精的！"黑顺疑惑地说。

"猪仙人！"玉旺喃喃道。

村子北边是森林，森林的最外围是退耕还林后村民栽下的松树林，再往深处走，就是自然林。植被茂盛的自然林在禁猎禁伐之后，村民也只有在雨季采集山野的时候才会涉足这里。此时猪已经逃出村子窜进了树林。李发康这个不擅运动的干部在松林里跑岔了气，叉着腰呼呼大喘。发顺很快就在松树林中追上李发康，发顺丧气，灰头土脸，二人在林中呼呼大喘。喘得差不多了，憋着的话从嘴里涌出来。发顺说："队长，你说这叫花子猪咋这么能跑哇？太野了，杀都杀不了，按不住。"

李发康仍大口喘着："匹子猪嘛！架子又大，皮肉又紧。"

李发康回过神来:"不是,你要杀猪?狗日的,你要杀猪?谁给你的胆子,你要杀猪?"

李发康厉声,发顺即软,怯懦委委:"这不是马上就要过年了嘛!杀头猪吃肉解馋,下酒。"

李发康怒了:"什么?狗日的,我问你为什么要杀猪?你为什么要杀了它当年猪?"

李发康再怒:"狗日的发顺,老子辛辛苦苦申请来的扶贫项目,给你们建档立卡每户发母猪种,是让你们养母猪生猪崽过好日子的!狗日的,还想杀年猪,母猪种什么价格你没个数吗?"

"公猪母猪还有什么种猪还不都是一样?都是猪嘛。"发顺唯唯诺诺地辩驳。

李发康有些怒不可遏地将发顺一把推倒,又毫无间隙地揪着发顺脏兮兮的衣领提起来,口对着口,喷着唾沫:"狗日的,不要说话,听我说。"李发康叫停发顺的反驳,喘息还没有缓过来。

林外有人说:"发顺今天给李发康吃火药了。"林外有人,可谁也不敢进林中,林中是一摊浑水。

谁也记不清林中传出多少句狗日的,而狗日的均出自李发康之口。当狗日的不再传出来,就无趣,林外的人各自散去。林中，在火冒三丈的李发康臭骂之下的发顺本来就灰头土脸，而现在更是灰溜溜地夹着尾巴。待到二人差不多都平息下来之后，发顺问："李队长，那要咋办哪？猪都进林子了。"李发康在发顺一激之下，又火起来："咋办，凉拌！趁这几天杀年猪，把你狗日的油炸了！"

"进林子去把猪找到，撵回来！"李发康平复怒气后，他好像又习惯了发顺这种无赖式的漫不经心。

猪穿过松林的痕迹还在，二人顺着痕迹穿过松林，往更加茂密的自然林深处钻。植被茂密的自然林里，二人很快就失去了猪亡命的痕迹。南方高原的原始森林里，头上是遮天蔽日的巨大树冠，脚下是低矮而茂盛的灌木。无迹可寻后，找猪的二人自然也无处可找，无计可施。

起伏的群山和茂密的森林，二人此时所在的位置是山谷，山谷擅回音。

发顺耳朵最尖："李队长你听，有猪嗷嗷叫！"李发康细听，果然有猪在嗷嗷叫。

"猪在哪里嗷嗷叫？"

"我也不知道猪在哪里嗷嗷叫。"

"猪真的在嗷嗷叫。"

"我也知道猪在嗷嗷叫。"

闻其声，而不见其影，这是一个有方向而没有去向的僵局。

猪确定是在嗷嗷叫，可是二人不知道往哪个方向去找。猪真的在嗷嗷叫，回声良好的山谷，猪嗷嗷的叫声来自四面八方。

四

猪嗷嗷叫的声音真的一点都不好听，尤其在无人迹的寂静山中，你能听到自己的心怦怦跳，嗷嗷的猪叫仿佛在为你的心跳敲着锣打着鼓。

找猪的二人在林中漫无目标地游走，听得见猪叫，但二人都知道觅音寻猪这个办法不可靠。二人很少说话，无从下手无计可施的李发康在前面走，此时灰溜溜的发顺是他的随从。不断传来的嗷嗷叫声加重着二人各自的烦躁，就丢猪这一事件而言，二人各有烦恼。发顺短浅，但也知道自家丢了一头猪，不是死了，是跑丢了。李发康深远，他更加知道此猪对于扶贫攻坚工作的重要，丢猪事小，领导下来视察的时候没有猪，事大。他早有听闻，扶贫办的领导过不了多久就要下来实地考察验收扶贫工作的进展和成果。

李发康看看身后灰溜溜的发顺，心中存疑，是不是有些揠苗助长了？想了想，即刻否定。发顺是短板，短得像一艘随时可以沉没的破船，不过最终还是要将其补回来。顿生同情，李发康觉得自己和发顺同病相怜。一个是破船，一个是补船的，二者兼备，破船也要扬帆。

　　山里的天黑得早，找猪的二人决定返回村庄，再从长计议。

　　"唉!"二人长叹。从林中往回赶。

　　返程，发顺和李发康相互确认不是幻听，林子深处又有嗷嗷的猪叫声传来，不过二人已经听得厌烦。他们并不指望从声音中分析出什么，比如，窜进森林深处的猪，上半天还是案板上待宰的家畜，下半天就在林中率领着一整个野猪群嗷嗷叫。

　　暮色在山中迅速笼罩，基本上等同于太阳从山尖埋头山根的速度。势单力薄的人们不敢在山中逗留，那些昼伏夜出的生物的任何响动都会被人误以为鬼在风中叫。

　　入夜，发顺家中，火塘旁。虽猪已亡命山野，肉荤也没能碰上，老岩和二黑依然赖在发顺家中不肯走。这里的赖，指的是老岩和二黑这两个一人吃饱全家不饿的孤家寡人，要把晚饭的希望寄托在玉旺这个善良无贰的女人身上。一天中被同一头猪掀翻三次的杀猪匠黑顺也没走,本着出门不走空的原则,他等着吃顿饭,一张瘦小干巴的老脸蒙在水烟筒口咕噜噜地抽着。

发顺心中有火,但也得强压着。李发康和他一并坐在火塘边上,相互冷着脸。二十五瓦的白炽灯昏黄,粘满了黑乎乎的苍蝇粪便更加昏黄,灯头以上的电线挂满了残破的蜘蛛网。火塘里偶尔冒出的浓烟熏得人睁不开眼。灯黄火亮,每一个人的脸都很黑。来者即是客,况且还有李发康。发顺理所应当表现出主人的热情与担当,冷冷地有气无力地说:"婆娘,整点饭吃嘛!都干巴巴地坐着,饿着。"

李发康冷着脸不过仍故作客套:"不用了,不用了!我坐会儿,回家吃去。"在山中追了半天猪,李发康饿了。

黑黢黢的铁锅架在同样黑黢黢的铁三脚架上,玉旺往锅里加水。发顺抱着二郎腿组织着语言,希望待会儿能对答如流,因为他知道今晚必有一顿李发康的所谓说服与教育。尽管李发康数次的说服与教育都没能将他说服。发顺不是顽固分子,只不过是劣质的狗皮膏药,越扯越黏,发不出任何功效。不过一旁的李发康却组织不出来任何用来教育发顺的语言,苦口婆心的说服嘱咐是吆猪的号子。脱贫攻坚的口号喊大了,发顺听腻了。政策讲细了,又有些烦琐晦涩了。发顺这个重点扶贫挂钩对象早已耗尽了李发康的耐心。爱谁谁了！烂泥糊不上墙，但要扶的对象是个人，烂泥一样散漫的人。说不扶，但不可不扶，他是共产党领导下的人民中的一员。只希望发顺这块狗皮膏药在越扯越黏的时候，再给他一股劲，粘在墙上。

"发顺，猪跑了，咋办哪？你说说你怎么打算的。"李发康放下紧绷着的脸。

发顺："不知道！发康哥，我也不知道咋办！"

李发康："停停停，别叫我哥。我担待不起。"

发顺："跑了，就跑了吧！那畜生没准过几天就死在山上了！"

发顺绝对是李发康的冤家，再一次精准地激到李发康。李发康强压怒火："去找找吧，明天去山上找找吧，找到了就撵回来继续养。"

发顺："队长，说真的，别找了！丢了就丢了，我不心疼。"

李发康又怒了："你不心疼，我心疼，老子千辛万苦找来的扶贫项目，你们说杀就杀？谁给的胆子？"

发顺："猪是国家的，哥……不……队长，你别生气，气大伤身。"

李发康大怒，前俯后仰，差点一头栽火塘上。右手高高抬起,却无桌子可拍,往下啪一声拍在左手上:"明天去把猪给我找回来,过些天领导要下来检查工作,别给老子出岔子!"

发顺蔫了下去不敢再搭话,李发康把矛头对准了黑顺、老岩和二黑:"你们仨明天也跟着去找。"

黑顺一听便不干了,水烟筒里伸出嘴巴:"凭啥呀?他家的猪跑了凭啥我也要去找?我只是个杀猪的。"

"你不来杀,猪会跑了吗?明天去找猪,不然明年的低保别想要了!"李发康严词驳斥,加以低保这个并不存在的威胁。低保是黑顺的命根。

老岩和二黑倒是漫不经心的,他们此时只关心锅里已经滚开的面条,不断往火塘里添柴火。今天院里杀猪,明天山上找猪,对于二人而言只不过是换种方式虚度日子。老岩和二黑也是建档立卡户,只不过考虑二人都是孤家寡人,所以没给他俩发母猪。

有人统计,在这个世上,坏消息的传播速度和广度是好消息的一百倍。议论纷纷是一种乐趣,隔岸观火也是。丢猪的次日,那只亡命于山野之猪被重新定义名字——"建档立卡猪"。猪只是一个广泛的概念,而加了建档立卡这个前缀后,一头猪的身份就有了精确的辨识。消息由方圆十里之内朝着方圆十里之外扩散，闻者集体讶然："昨天有胆大的人杀建档立卡猪啦！""发顺家把建档立卡猪杀了！"更有甚者以讹传讹："建档立卡猪把人杀了。"关于这只建档立卡猪的新闻被众人议论纷纷的时候，发顺和李发康一行找猪的人已经在山中。他们还不知道乡野之间从芝麻到西瓜的议论，在山中寻摸着到达猪最后失去踪迹的位置。

"这么大的山里找一头猪，怎么找哇！"才走了小半天的山路，黑顺这个小老头累得不行。

"怎么找？用眼睛、鼻子、耳朵、嘴巴找！"喘得最厉害的李发康上气不接下气地驳道，尽管他也没有任何办法。上山之前他又接到县委的电话，县委领导下来检查工作的日子提前了很多天，绝不能出任何岔子，这是死命令。

"你去这边，你去那边，他去那边。"气喘吁吁的李发康不耐烦地挥手随意指点了几个方向，几人分头行动。

还是那千篇一律百试百灵的吆猪号子："哟哟，啰啰，来来！啰啰，哟哟，来来来！"尽管这号子已对此猪不奏效，几人仍旧噘着嘴撇着声朝着各个方向走开。

一天下来还是寻不见猪的踪迹，几人累得够呛。第一天潦草返程，路上，身后的丛林深处又传出嗷嗷的猪叫。

发顺："你们听见猪叫了吗？"

李发康:"记下位置,明天再找。"

黑顺:"不对,你们听,不止一头猪在叫。"

接下来的几日,几人顺着声音继续往深处找。唯一的发现就是在路上不停地发现地上有猪遗留下来的粪便,可以肯定,不止一头猪。不过仍没有寻见猪的身影。

黑顺有扰乱军心之嫌:"别找啦!都是野猪的粪,可能那头家猪已经被野猪咬死了!"李发康狠瞪了他一眼,黑顺不敢再言,尽管李发康也这么认为。

几人已经受够了找猪的生活,生活绝不止找猪这件事,可是目前找猪是重中之重的大事。李发康的烦恼是其他人不能理解的,这是他认为的。领导下来的日子越来越近,可是这猪迟迟不见踪影。这时李发康又接到电话通知:"领导将于三天后到该村实地检查扶贫攻坚工作的进展和成果。"放下电话的李发康心急火燎,领导要来了,可是重点挂钩扶贫对象的猪却跑了。对于他这种扎根基层的干部而言,这绝对是一件大事,事关他在领导眼中的形象,而这猪,就是他的工作态度。可再看看几个一同找猪的人,发顺倚在树根上没个正形,黑顺瘫坐在地上抽烟,老岩和二黑略好,在前头开路,不过心不在焉。

李发康气不打一处来,虽然也毫无办法。李发康再次把火撒向几人："你们四个狗日的，如果你们不杀猪，今天老子也不会在这里找猪！狗日的！"李发康真不该骂狗日的，他是干部。不过自从建档立卡猪亡命山野后，狗日的就成了他的口头禅。发顺、老岩、二黑和黑顺真是狗日的，所以李发康骂狗日的，目的在于将自己和他们区别开来。

越找，几人越垂头丧气。越是垂头丧气的时候，林中越有嗷嗷的猪叫声传出来。这是对于几个将败之人的挑衅，李发康骂着狗日的，指挥道："顺着声音分头找，找到以后包抄。"这是既定的一成不变的战术，每听到猪嗷嗷叫，几人就循着声音往林中深处奔跑，每一次都徒劳放空。如此这般，打了鸡血奔跑的人，被失望之棒当头一喝。重复性徒劳无功的劳动掏空的是心力。闻其声不见其影，是心力的煎熬。宁信山中有鬼，不信山中有猪，终耗尽几人找猪的最后一丝愿望。累死啦！包括李发康在内。

歇一会儿吧！都找这些天了。几人没有坐相，没有睡相，瘫在地上。李发康也这样，找猪的几人都一样，一样地愁眉不展，一样地气喘吁吁，一样地灰头土脸。

黑顺这个小老头最先受不住了："李队长！我真的受不了了！再折腾的话，我这把老骨头就要扔在山上了。"黑顺说的是实话，老，是经不住消耗的。"队长，低保我不要了，猪我也不找了！"这是黑顺最后的妥协。

李发康气喘吁吁，不想搭话。

老岩和二黑异口同声："不找了，不找了，爱怎样就怎样吧！"二人也受不了，宣布罢工不干。

李发康长叹："其实最不想找的是我，只是这建档立卡猪丢不得呀！过几天领导就要下来检查工作了，猪丢了应付不了！"李发康对几人讲出心声。

几人讶然，沉默。

三分钟后，发顺开口："队长，原来是这样啊！不找猪了，应付检查的事情重新想办法……"发顺在李发康耳边私语。

似乎有了台阶，李发康妥协："那好吧！你负责这事，我回去取钱给你！"

李发康站起身："不找了，不找了，猪都丢好几天了，没准饿死在山上了！"

再返程，身后的林子深处仍然有嗷嗷的猪叫声传出来。几人累了，烦了，恼了，他们就听不见。

五

猪是没有表情的，千篇一律的耳朵和拱嘴，熟悉到陌生的老嘴老脸，使得普遍观念里所有的猪都只有一个共同的名字——还是猪。

物竞天择是一种富有进步性的规律。人于猪而言，人的能动性略强于猪，所以猪就成了被人驯养的家畜。一贯如此的漫不经心和自我满足的怡然自得是一种要命的毛病。猪嗷嗷叫的原因不外乎饿了、发情了、又饿了、要死了这几种。因而，村庄里不到饭点就响起来的嗷嗷猪叫声属于外来户。发顺赶着一头猪回来的时候，距离他上次追着猪贯穿村庄已经过去数日。

再次回到最开始对猪的描述：猪不大，长了架子还没有结膘。猪走路的时候一点都不好看，尤其下坡的时候，像醉汉划拳……猪在前面走，发顺挥着一根紫茎藤兰的秆子跟在后面，嫁鸡随鸡的玉旺跟在发顺后面。像溃军过境，发顺家两口子一次比一次更加灰头土脸。此猪显然已经被驯服过度，和后边跟着的人一样，气喘吁吁。

穿村而过的土道上，发顺欲弄出一些响动出来，所以他挥下一鞭抽在猪屁股上。

猪嗷嗷叫，向前一段小跑。发顺再抽，猪嗷嗷叫。

"够啦！"玉旺阻止。发顺再抽，猪再嗷嗷叫。

显然，让猪嗷嗷叫着穿过村子是发顺想要达到的效果，因为李发康骑着摩托车在后边跟着，这也是李发康想要的效果。

村子中央，老岩、二黑和黑顺三人在懒洋洋晒着太阳。远远看到发顺赶着猪回来，三人远远地就想撤走。几日前发顺的猪对于三人而言是肉荤，现在就是祸水。对发顺和他的猪敬而远之，是明智之举，也才像三人应有的做法。

远远地，"你们仨别走，给老子站着！"发顺喊住三人，赶着嗷嗷叫的猪过来。

黑顺："回家收衣服，要下雨了！"晴空万里，构不成逃开的理由，发顺和他的猪已经来到跟前。

发顺："猪已经找到了！"找到猪的声音并不是讲给三人听的，所以发顺大声阔嗓地将消息在村中炸开。

老岩和二黑异口同声："哇呀呀！在哪里找到这畜生的？"

发顺："在后山的野芭蕉林里面找到这畜生的！"声音继续炸。

老岩："过几天再杀的时候，一定要多请几个人来。"

发顺拍了一下老岩的头："杀个屁！建档立卡猪是留着怀崽下猪的，建档立卡猪是国家为了扶持建档立卡户脱贫的重要举措……"发顺的声音继续在村中炸开，像复读机,不,像村中宣扬政策的高音喇叭。是发顺突然觉悟了吗?李发康跟在后头。

黑顺:"莫扯卵子!白猪进了一趟山就变成花腰猪了?"黑顺看出端倪,黑顺是杀猪的。

发顺:"莫废话!老子撵猪过去再掀翻你!"黑顺不会质疑发顺真会这么做,欲言又止,闭口逃开。

亡命山野的猪找回来的消息传达完毕,发顺和玉旺赶着猪回家。留下三人懒洋洋地继续晒太阳继续懒洋洋地侃:"黑顺,这猪真的不是跑进林子里的那只?""肯定不是嘛!品种都不同!""那发顺哪来的钱买猪?他这是要干啥?"

李发康骑着摩托从三人身边疾驰而过,给三人扑了一脸尘土,三人的议论止于中途,低声谩骂:"妈的!骑个摩托了不起!"李发康骑着摩托车拐了个弯进了发顺家。

发顺家再传出猪嗷嗷叫声,发顺揪着猪耳朵,李发康拿着打孔器,二人在院子里又跟猪搅作一团。此猪换彼猪的主意出自发顺,而落实自李发康,假戏做成真戏。借来的打孔器要在赶回来的猪耳朵上打孔,戴上建档立卡猪特有的标志耳牌。而这标志耳牌是杀建档立卡猪的时候发顺从猪耳朵上扯下来扔在院子里的。打孔戴牌比杀猪容易,二人很快就在猪耳朵叶上装上标志牌,把猪放回猪圈里。

李发康嘱咐:"明天领导下来检查工作你知道怎么说的,不要大口马牙地乱嚼。"

李发康威逼或是利诱:"这次检查应付了,这猪你继续养,给你了。出了岔子谁都不好受!"

失而复得的发顺自然高兴,咧着嘴龇着牙:"李队长你放心吧!你交代的话我都快背得了!支持扶贫干部工作是贫困户的义务和责任,坚决摘掉贫困帽子是每个建档立卡户应持有的想法和态度……"

"莫要在这给我耍贫嘴,明天去领导面前耍去。"说完,李发康骑上摩托车离开,为明天迎检做其他准备。此猪换彼猪的确是个好办法,李发康悬着的心得以放下。

绝无鸠占鹊巢之嫌,此猪本就是为了填补空窝而来。猪圈里刚进新家的猪卸下一路奔走的躁动后,在猪圈一角挪了一个窝躺下。耳朵叶子上刚打下的孔流血不止,耳朵叶没过多的神经,微疼。只不过耳朵叶上戴了一块身份标志牌,扇呼着耳朵。猪有灵敏的嗅觉,毕竟标志牌是别猪的,还有别猪的气味。

看着李发康走远,发顺把视线转向玉旺身上来。猪失而复得确实能让发顺欣喜。发顺拉过玉旺的手,久违地,玉旺猛地缩回,发顺继续拉过来:"媳妇!特困户的帽子好哇！上头照顾咱照顾得这么周到。"发顺点了根烟叼着，摇晃着小脑袋盘算着："这顶帽子可千万别被摘掉。"

玉旺并不懂发顺口中所谓的帽子，咿呀着从发顺手中挣逃。又有猪可喂了，玉旺要去砍芭蕉喂猪。

六

大概很少有人会观察，猪嘴优美的举止是进食。

拱嘴寻着地，呼哧呼哧大口进食。无论是在猪食槽中还是就地而食，猪都能保证吃个精光。灵活有力的舌头伸出，舌苔上众多的凸起不放过任何食物的残渣，一一舔舐干净。这里的美，指的是一点都不浪费，也指的是猪圆滚滚的肚皮是一种美。

迎检当天清晨，发顺想起李发康的嘱咐："多喂猪一些芭蕉，少喂谷糠！"最大限度地呈现猪圆滚滚的肚皮，也是一种成绩。

发顺向喂猪的玉旺歧义转达："多喂些芭蕉，多喂些谷糠。"

玉旺弱弱地嘟囔："谷糠吃多了撑！"不过嘟囔不是话。

发顺无暇细听："废话多，破事多！李队长叫怎么做，我们就怎么做！"

玉旺低下头继续咔咔剁芭蕉。

村子远，山路弯。零落不整的石块和星罗棋布的坑坑洼洼，以及大面积积蓄的尘土。轿车行驶在山路上的样子像猪走路，犹犹豫豫，前俯后仰左摇右摆。前一辆车卷起尘土，后一辆钻进尘土，最后一辆被覆满尘土。

可算是即将抵达，车在山路上蹦跶。蹦跶得最高的是李发康，他骑着摩托在前头带路。跟在后边蹦跶的是轿车，村民没有级别概念，车上坐着的都是大官。

随着咣当一声后，首车停在村口，咣当两声后，两辆跟车停在路边。路面上同一块凸起的石头让驶过的三车无一幸免。村子，已经到达。先头赶到的李发康把摩托车停在路边，挥手示意停车。车子所到扬起的尘土，有的已经落下，有的正在落下，路面是一层厚厚的尘土。车门打开，几双油光锃亮的皮鞋插进尘土中。走一步吧！尘土即覆住皮鞋的光泽。

李发康和村民小组长刘四咧着嘴挥手相迎，一旁散落着的还有老岩、二黑、黑顺和发顺，五个人的迎接队伍是李发康能组织和拿得出手的最高迎接礼遇。尽管领导一再强调不搞排场，不过这也算不上排场，顶多是人气。

三辆车共下来六人，不包括车上的司机。走在最前面黑瘦干练的干部是主任唐松,唐松两侧各拥一人,左边的是副主任王冬,右边的是股长兰正义。王冬挺着肚子背着手,兰正义鞠着身子跟唐松介绍情况。还有其余三人,李发康没见过。县里的?市里的?管他哪里的!

兰正义:"主任,到了,这个村子就是我县我乡最偏远的贫困村了。"

唐松有着从任何角度切入工作的本领:"一路上见识了,挺远挺偏的。不过越是这样的村庄越是不能放松我们的工作。"

"是是是,主任说得对!"通常而言,这是主任每一句话结束之后异口同声的回音。

兰正义引荐一旁随从的李发康:"唐主任,这就是这个村子的扶贫驻村干部李发康。"

唐松伸手向李发康,李发康欣喜相迎,结结巴巴地说:"主任好,主任好!"

唐松点点头表示会意:"辛苦你了!小李。"

李发康忙道:"不辛苦,不辛苦,都是在为人民群众做事情,服务。主任比我们更辛苦!"

唐松仔细再瞅李发康几眼:"我想起来了,五月份有一批用来给贫困户脱贫的母猪种就是你找我签发的!"

"对对对！主任那么忙还记得这种小事。"李发康激动万分。

唐松："母猪种都给贫困户发下去了没？今天咱们就去看看这些猪的长势如何。"

李发康："发下去了，长得挺好的，贫困户们也很高兴。"

"那个什么，王副你带着兰正义到村子里四处转转，记得访问各个农户都缺什么，需要什么，我们能做什么。让小李给我们四个介绍情况就行。"唐松亲自点将。

唐松又道："小李，你今天就带着我和这三位市里的专家四处看看！"

"好好好！"李发康回应着。原来其余三位李发康不认识的人是市里来的专家，李发康心里一个激灵。善于糊弄的是专家，善于不被糊弄的也是专家，这是一次带着照妖镜的检查。

村子很小，很适合检查工作。有什么突出的工作成果很容易看见，有什么工作中的不足和缺憾也会暴露无遗。为了避免后者的出现，李发康还在临检之前跟各家各户打过招呼，甚至给发顺家重新买了猪来顶替。现在还把发顺、老岩、黑顺几个扶贫工作的重难点作为随从带在身边，一方面为了防止几人乱说话，另一方面就是几人始终还是李发康心头的重患。走访各家各户是工作方式,进村入户访问谈心是工作方法。李发康的准备工作做得充实,所以一路上带着唐松入户调查之时,唐松看到的是他想看到的,听到的是他想听到的。看到的和听到的都是李发康交上的令他满意的答卷。

唐松勉励:"小李,做得很好!就需要你这样能吃苦能做事的干部,很好,给你一个口头表扬,继续努力。"

李发康说:"唐主任过奖了,我只是做了自己应该做的!"

唐松又说:"刚刚还说到五月份我给你签发过一批母猪种的,转悠了一圈都没看到。你带着我们去看看。"

李发康说:"主任真的有心了,心系下属和村民,我这就带你去看看。这批猪分给了八户困难户,都养得挺好的,村民用心,猪长势都不错,再过几个月就发情可以配种怀崽了。"村中共八户收到母猪种的农户,七户集中在村东边,和发顺家隔得远远的。李发康引着唐松一行往村东边走,尽最大可能避开发顺家这个隐患。发顺、老岩和二黑几人蓬头垢面地跟在一行的最后边。唐松疑惑,指了指几人:"小李,这几个老乡不必跟着,让他们回去吧。"李发康自有解释的办法:"主任,这是发顺,这是老岩,他们都是村里脱贫攻坚的重点挂钩对象,让他们跟着学习学习，接受教育。"

发顺收到李发康的眼色："是的，是的，我们是跟着学习的。"

唐松拍了拍李发康的肩膀以示器重："哈哈！这村有你这样的驻村干部是福分，我县有你这样的干部我放心。"李发康激动万分："还得跟唐主任学习，看齐！"唐松："相互学习，我多向你学习！"

见此，发顺揪了揪一旁的二黑和老岩的衣角："向领导们学习！"几个参差不齐的口号在李发康又一个眼色中响起。排场有些激动，唐松挥手叫停："不搞形式主义，不搞这些虚的。相互学习，领导干部多向人民群众学习，为人民服务。"

继续走，到农户家中去，各家各户都提前做好了热烈欢迎的准备，糖果瓜子和茶水："领导您到家里坐会儿！"同时也准备好了对答如流的台词："米饭管饱，不存在饥荒。猪肉吃腻，偶尔杀鸡。屋子修整，不漏雨也不进风。"再汇报猪的长势："母猪种好养，不挑食，长肉快。"最后是感谢：感谢党和国家的政策，市上县上乡上，然后是李发康……如此对答如流相差无几的客套寒暄，首先让市里三位畜牧专家听腻了："那就带着我们去看看猪吧。""再把猪拉出来，遛一遛，看一看。"

好吧，猪被从猪圈里放了出来，在院子里嗷嗷叫。三位畜牧专家掏出手机："猪耳朵揪过来，扫一扫。"建档立卡猪耳朵上戴着的标志牌上有条码，扫一扫，猪源、品种、用途一应俱全。

先后进了七户农户家，重复的访问和重复性得到相似的回答，这绝对不是此行的目的。也重复性地扫了七头猪耳朵上的条码，数据规范记录上表。三位专家及时做出了反馈："养得好，喂得也好，不过要注意配种受孕的时候不能喂得太胖。"见专家都连连称好，唐松再拍拍李发康的肩连连称赞："好，好，小李干得不错。"顺便给予鼓励性的暗示："等扶贫工作结束，人事不再冻结，县里会考虑给你换一个大舞台！""谢谢主任，谢谢！"李发康心中狂喜。唐松幽默地说："别谢我，你要谢就谢这些猪，养得多好哇！"

李发康见检查总算是比较圆满地对付过去了，暗自庆幸。可三位畜牧专家提醒："那个主任，记录上显示这村有八头建档立卡猪，再看完最后一头，今天的工作就圆满结束了！"

"哦，还有一头。那小李再带我们去看看。"

提起最后一头猪，暗自庆幸中的李发康汗毛又起，此猪已亡命山野。带着三个畜牧专家去看一头赝品，李发康心发慌，底气全无，想法拖延："主任，那个，那个现在都快到饭点了，要不咱们先吃饭吧！"

唐松："饭就不在村里吃了，有规定。看完最后一头猪我们就回乡上吃工作餐。"

李发康仍在想方设法："哦！是呀！都到饭点了，你们都还饿着。要不我把那家的户主给你喊来当面汇报。"慌乱中李发康故作镇静："来来，发顺！你来跟主任说说你家猪的长势咋样。"

又该发顺表演了，他结结巴巴地把台词背上："我家的猪吃得好，睡得好，长得……也好，关键是发的猪品种好。感谢政府，感谢政策……感谢主任！"

唐松打断发顺："那个小李，你再带我们去他家看看，大家都辛苦了。再辛苦也要把工作落到实处。"

发顺还在背，虽然没人听。李发康揪了揪发顺的衣角："快别汇报了，去你家。"李发康冷了发顺一眼，心又悬了起来，希望可以糊弄过去吧。

唐松看出李发康不对劲："怎么，小李，有什么困难吗？"

李发康现在已是惊弓之鸟："没没没，只是发顺家有些远。"

一行人往发顺家赶，这次是发顺在前，他是户主，在前带路,村道中穿行。还未到发顺家,先听到有哭声,一行人脚步加快。一贯没心没肺的老岩和二黑赶上前头的发顺:"怎么了?你婆娘哭哇哇的,你家死人了?"发顺黑着脸驳:"你家才人死了,你全家都死了!"

李发康也冷着脸:"别废话,回去就知道了。"转回头冷脸转热:"唐主任,就到了,就到。"

发顺家为了迎检而拾掇一番后,破败之中能见一丝整洁。院子里悬晒着床黑黢黢的棉絮,棉絮下边是一农家妇女抱头瘫地不断悲泣,呜呜然,咿咿呀,此人正是发顺婆娘玉旺。有客登门,而家中有人在哭号,发顺自然不开心。发顺黑着脸上前伸出脚尖碰了碰瘫在地上哭号的玉旺:"咋个了吗?你哭什么?"发顺语气加重,喝令:"咋个了吗?不准哭!"弯腰钳起玉旺。

玉旺露出哭脸,抽噎着:"猪,猪……那猪……不动了……死了……"

"啊!死婆娘,好好的猪怎么就死了。"发顺愤然,用力摇晃着抽泣的玉旺。

玉旺继续抽噎,有些颤抖:"不动了……就……死了……"

发顺愤而挥手欲打:"死婆娘,喂个猪都干不好。"手挥在半空被李发康制住:"发顺,你要干什么?再犯浑。"

作为旁观的唐松几人在边上看着院里搅作一团的人,唐松厉声发问:"小李,怎么回事?"

李发康吞吞吐吐:"她说,她家的猪……死了?"

唐松的脸转黑:"什么时候,怎么死的?猪在哪儿?让专家看看。"唐松示意一旁的专家去看看情况。

几人径直走向猪圈,留着发顺和玉旺两口子坐在客台上,发顺挠着头,玉旺继续抽噎。比房屋还要破败的猪圈里,猪躺在角落里。畜牧专家进了猪圈当即判断:"这猪还没死嘛!"专家用手捅了捅猪,猪哼哼了几声。"猪还没死嘛!"躺在地上的猪无视一旁的人,顶着圆滚滚的肚皮,睡着,不动,像死了。专家转身看向猪圈内干干净净的猪食槽:"今天都给猪喂了什么?"发顺在院子里有气无力地回答:"就是芭蕉和谷糠嘛。""那应该没事,就是这猪吃撑了。""早上喂了多少猪食?"发顺回答:"喂了不少呢,这猪能吃得很。"

猪没死,只是吃撑了不想动。猪圈外的李发康长舒一口气,教育发顺:"以后一定要注意了,引以为戒,科学饲养。"

畜牧专家继续在猪身上比画打量:"不对,这猪有问题。"

李发康："有什么不对的,你扫一扫耳朵上的标志牌嘛,会有什么问题嘛!"

猪圈里的畜牧专家被李发康一驳,说:"标志牌是对的,可这猪不对,品种不对,而且这头小母猪被劁过,根本不是母猪种。"

李发康勉力保持镇静:"怎么可能嘛!会不会是……搞错了。"

专家有理有据地说:"劁猪的刀口都还在,况且这猪是小耳种,跟建档立卡猪不是一个品种。"

被专家当场戳穿,李发康支支吾吾,无语应答。一直在旁观的唐松感觉被糊弄了,而且是不能罔视的糊弄,厉声喝道:"李发康,你给我过来。怎么回事?"

"就是这猪,不是那个猪。"前言不接后语。

"到底这猪是什么猪?"

"唐主任,就是这猪,它不是原来的猪。"

"那原来的猪呢?"

"原来的猪原来也在这圈里……后来不在了……这猪才来了。"

"原来的猪哪儿去了?"

"原来的猪丢了,找不到了!"发顺瘫在客台上说。

"好好的猪怎么就丢了呢!"

"就是我们杀猪,猪挣逃,猪跑我们追,我们追猪跑,然后就丢了。"

"啊,你们杀猪,你们竟敢杀这猪?"唐松吃惊,"那猪呢,猪在哪里?"

"猪在山上。"

"猪怎么会在山上呢?"

"因为猪跑到了山上。"

唐松和李发康院中的对话,再加之发顺的助攻,一场杀猪、追猪、此猪换彼猪的闹剧呈现在人们面前。此时另一行人马,副主任王冬和股长兰正义闻声赶来。进门,唐松对李发康的批评教育立即转到了一脸疑惑的股长兰正义身上:"小兰,这种弄虚作假的面子工程一定要严厉批评及时处理,该处分的处分,不能手软。"一脸疑惑的股长兰正义受到迎头呵责更加疑惑:"唐主任,怎么了?出什么问题了吗?"唐松冷着脸厉声说:"怎么回事?你问问这个好干部李发康吧!"李发康在一旁低着头。

唐松转身对低着头灰溜溜的李发康拍拍肩:"李发康同志,好自为之。"

"王副，看来这个脱贫攻坚的工作形势严峻得很哪！走，回县里。"

村口的车子再次启动，在山路上蹦跶而回。股长兰正义的车还留守，兰正义还要留在这里处理问题，问题即指李发康。

还是发顺家中的院子，发顺冷着脸，李发康黑着脸，兰正义的脸更黑。玉旺不再抽泣，因为所有的人都黑着脸。老岩和二黑潜伏在门外，对于他们而言，门内任何事都是热闹。

兰正义："发康，说说吧，怎么回事。"

李发康："股长，我也没办法呀！建档立卡猪丢了，为了迎检我才换猪的。"

兰正义："好端端的猪怎么就丢了呢？"

李发康："发顺他们杀猪，猪挣脱了跑进了山里。"

发顺抬起头："这个我可以证明，猪是我们杀的，跟队长没有关系。"

兰正义勃然大怒："闭嘴，没问你！"

发顺吃瘪，低下头继续挠头发，灰溜溜夹着尾巴。

兰正义："发康，那说说接下来你打算怎么办。"

李发康支支吾吾地憋出一句："我也不知道。"

兰正义："你这也算情有可原,关键是这事情办出马脚了,惊动了唐主任,不处理你是不行了。这样,处理你的事过几天再说,先把猪找回来。"

李发康委屈巴巴："这猪贼得很,找过了,找不到。"

兰正义："猪找回来,是工作的失误。猪找不回来,就是工作的错误,你自己看着办。"

停在村口的最后一辆车也蹦跶着开走了,村子恢复如常。换个方式形容吧:刚刚打完一场必败之仗的溃兵收获更大的败果,进而使得自身陷入更加窘迫的局面。李发康和发顺坐在院子石头上,现在的李发康跟发顺一样了,一样地灰头土脸,一样地右手挠着头,左手掐着烟屁股。

猪还没死就意味着玉旺又有事可做了,她在院角咔咔剁着芭蕉。

老岩和二黑适时摸了进来。绝大部分时候,发顺、老岩和二黑是一体的,都是热闹的一部分。

"猪回来,是失误。猪不回来,是错误。"这句话是两个极端的结合,朝着李发康重压而下。李发康深知失误和错误的最终定性,没有什么本质的差别。

"要不,明天我们再去山上找找那猪?"李发康说,语气略软,带着恳求。

"找什么找，猪不是在猪圈里吗？"丢了一头猪又得到一头猪，发顺自然没有什么损失，他盘算着，语气发硬地拒绝着。

尽管气大伤身不好，不过发顺总能屡次成功挑起李发康的火。不要试图去点燃任何人心中的火把，引火自焚的人不在少数。李发康迅速被激起怒气，朝着发顺咆哮："憨杂种，要不是你们造作，会有现在这么多事吗？"发顺被李发康揪着衣领提起来，再推倒在地。李发康继续咆哮："憨杂种，一群憨杂种！社会好，政策好，好好过日子还不好？"

遇硬则软，发顺被推倒在地后就索性不起来，任由李发康燃着怒火咆哮发泄，这是他的自保方式。而一旁附和的老岩和二黑显得更为明智，躲着，不敢上前沾染怒火。不料李发康放过赖在地上的发顺，转而捏着拳头走向二人。二人赔着笑脸："李队长别这样，别这样！"二人磕磕地后退："别这样，这样不好，不好。"李发康继续逼近，二人退到墙根再无退处的时候妥协："好好好，我们错了，错了！明天继续上山找猪，找猪！"

李发康得到想要的回答，随之软了下来："不好意思，不该跟你们动粗的。"

"没有，没有。"二人继续赔着笑脸，顺便拉起赖在地上的发顺。一对三的男人之间的对局以李发康完胜宣告结束。玉旺还在院角剁芭蕉，咔咔咔的。

七

入夜，发顺家的人各自散去。

一天之中逐级传递的怒气还没有消除，从主任唐松到股长兰正义，从兰正义到驻村干部李发康，再从李发康到发顺。这种逐级传递的怒气在传递过程中不断得到积累和加重，发顺承受着这股巨大的怒气。不过发顺并不是开阔之人，他消受不了。

所以，玉旺成为这股怒气的最终承受者。

两个人的落魄家庭，发顺充当着暴君。暴君必有暴行，首先发顺得先喝点酒，酒劲上头就趁着酒兴挑玉旺的毛病，以便为想要实施的暴行寻找合理的依据。一曰批评教育和指正，二曰拳头之下长记性。而玉旺最大的毛病在于一贯的示弱和一贯的隐忍，所以整日咔咔剁芭蕉喂猪成了发顺挑出的毛病。

"憨婆娘，大事不做，整日只会剁芭蕉喂猪！"发顺挑起玉旺的毛病。

剁芭蕉的玉旺受骂，无言，只是往下剁的力度加大：咔咔咔。今夜，发顺家又不得安宁。

最先传出发顺酒后没有条理的污浊的叫骂声，叫骂声一直持续，越来越大声。其间伴随着锅碗瓢盆落地、玻璃器皿破碎的声音，玉旺隐忍不回应，发顺独角戏唱罢，紧接着就是拳头击打肉体的沉闷声，头颅撞击门板的砰砰声，且越来越大声，越来越凶狠。

邻里以及全村今夜又跟着不得安宁："发顺又发酒疯打婆娘了！""发顺疯了，打得这么厉害，会不会打死人？"暴行愈演愈烈，从未有过的激烈，因为清楚地能听到玉旺绝望的惨叫和求饶声："不要打了……啊……不要打了……"邻里乃至全村不由得为玉旺揪心："去看看吧，劝劝，不然发顺这畜生真把媳妇打死了。"也有异议："别人家的家事别去掺和，别去沾到发顺。"

坐等，观望，持续的惨叫和求饶。

嘭！……啊！……砰！驻村未离开的李发康闻声而来，暴行止于李发康的破门而入。嘭！一脚踢开门。啊！一脚踢在发顺屁股。砰！发顺在地上狗啃。发顺借着酒劲弹地而起欲反击，再次被李发康一脚蹬倒，于是在地上借酒耍起赖："管得真宽，管教自己婆娘也要掺和。"砰！又成功获取李发康一脚:"你婆娘不是人哪?怎么经得住这么打?"李发康朝着地上的发顺咆哮:"老子是干部,但也是你哥!"

李发康一把揪起发顺的头发,厉声斥责:"你看看,你婆娘被你打成什么样子了,狗杂种!"

房间角落,玉旺倚着墙柱,脸肿着,眼青着,流着鼻血用袖子揩着,哭失了声,瑟瑟发抖地抽噎着。地上散落着实施暴行的衣架、扫把和柴火棒子。

李发康指着墙角的玉旺:"一个大男人打女人。滚过来!道歉。"

发顺赖在地上:"怎么可能跟一个女人道歉!"不容置疑,发顺话还没说完又再次获得李发康以暴制暴的一击。李发康揪着发顺的头发在地上拖行,拖到玉旺跟前,厉令:"道歉。"

发顺不得不屈服,嘴角流血,面部狰狞,朝着玉旺大声喊:"对不起,以后我不打你了!"这不算道歉,抽噎中的玉旺再次被狰狞的发顺刺激,浑身战栗,双手无力地向前挥舞:"啊……啊……别过来,别打我……"

清官难断家务事,而现在李发康管了,最直接,以暴制暴的方式。平息好这场别人家的暴乱以后,李发康还要去村民小组长家,明天要组织全村的劳力上山找猪。

"发顺,你再打婆娘,我把你手脚卸下来。"李发康临走之前警告。发顺失了神,蔫在一边抽着烟不做回应,算是一种妥协。玉旺在另一边继续抽泣,李发康的眼睛扫过来,看到她干巴巴地咧嘴表示感谢。

"玉旺,这狗杂种以后还打你,你告诉我,过不下去就离婚!"听到李发康建议离婚,发顺瞪了李发康一眼。

绝不试图去赞美,只需要真实地描述。单纯地描述一个场景,从发顺家出来李发康接着奔赴下一家,从一件事奔赴另一件与上一件毫无关联的事。着重于时间,深夜,狗都不吠的深夜。基层干部扮演着一个类似父母的角色,喋喋不休,殚精竭虑,苦口婆心以换来民众早就该具备的觉悟。基层干部的工作类似于在琐碎的河流中浮沉,这种琐碎的处理,要么细致入微,要么身败名裂。

次日,天还未亮。发顺的疯叫声又将整个村子喊得不得安宁。这种疯喊不同以往,是沿着村道疯跑的疯喊。仔细一听发顺疯喊的内容:"哇呀呀!李发康,我婆娘跑啦!不见啦!""哇呀呀,李发康,你个狗杂种,你促我婆娘跟我离婚!""李发康,你个憨杂种!"

发顺的疯喊一直持续到天亮,重复性的奔走叫喊以至于全村的人起来知道的第一件事情是这样的:驻村干部李发康建议玉旺和发顺离婚,从而导致了玉旺现在不知所终。

在"宁拆十座庙,不毁一桩婚"的传统真理面前,村民一致认为发顺打婆娘是自家的小事小恶,而李发康此举则是大恶。这是大多数人的认为,可暂且成为正确。

疯喊到天明的发顺终在喊累的时候静了下来,木讷,两眼无神。现在他终于是一个人了,他从未想过会一个人。不过他还想推脱责任或者是博取更多的同情,有气无力地嘟囔着:"狗日的李发康!"

老岩劝解:"发顺,怎么了?"

发顺捏着烟屁股:"狗日的李发康促玉旺和我离婚,玉旺就跑丢了。"

老岩:"那你婆娘到底跑哪里了?"

发顺:"昨晚那疯婆娘揩干净鼻血就往外跑,跑进了林子,跑得太疯,我追不上她。"

二黑附和:"嗯,真的狗日的李发康。"

再次将行动轨迹回溯到起初找猪的林子来,还是一样的场景描写:村北边是森林,最外围是退耕还林后村民种下的松林,往深处走,是人迹罕至的原始森林。为什么要旧景重提呢?因为据发顺的描述,昨晚玉旺就是趁着月色跑向这个方向的,并最终音信全无。

外围的松林中，大规模的人群聚集。昨夜发顺家的叫喊，成为今早众人的谈资。议论纷纷的众人最终统一意见："玉旺失踪的原因可归结为，由于李发康这个外人擅自插手发顺家的家事。"

股长兰正义一大早便闻讯赶来，贫困村特困户的婆娘丢了，这是天大的事。此时兰正义正训斥着奔忙一夜的李发康："猪的问题还没解决好，你又弄出个丢人！太丢人了！"

李发康："发顺都快把他婆娘打死了，所以我就……"

兰正义："自己的事情都还没处理好，还有心思管别人的家事。"

旁观李发康被训斥的发顺这会儿又有了力气，恨恨地："兰股长，就是他要管我教育我自己的婆娘，我婆娘才丢的。他还促我婆娘跟我离婚……"

兰正义："发顺，你给老子闭嘴。"

太阳出来，林子中的浓雾散开。村庄里的能动劳力组成的搜索队伍进入森林，本来是要找猪，现在还要找人。因为要找人，惊动了兰正义，兰正义带来了乡派出所的全体警员和消防人员。当然，还有一只警犬，以及若干只村民家中品种不纯的撵山犬。

"找猪和找人两件事碰在一起，开干！"兰正义一声令下。

山大了,再多的人也自然就少了。本来计划的地毯式搜索不奏效,所有参与此次搜寻的人员在林中铺散开来,往森林深处找,边走边喊,这边的人喊着玉旺,那边的人学着猪叫。

"玉旺这个小女子怎么这么能跑呢?这么多人找都还找不到。"

"都快找了一天了,怎么还找不到?"

发顺、老岩和二黑又聚在一起,跟在队伍的最后面,他们三人又一样了,漫不经心。

"发顺,婆娘跑丢了,你怎么一点都不心焦?"

发顺:"死了最好,这疯婆娘!"

"发顺,我劝你还是好好找找,没了婆娘怎么过日子?"

发顺:"那疯婆娘是李发康弄丢的,他要负责。"发顺将责任推脱得一干二净。此时李发康正带着人在林子深处找,听不到。

"发顺,你是个畜生。"李发康在心里说。

进山搜寻的队伍在山中一直搜寻到傍晚依旧是毫无头绪,唯一的收获便只是越往深处走,地上散落的猪粪越多。村民跟兰正义打趣:"兰股长,派出所该发枪了,不然这野猪又要下山祸害人了。"兰正义:"莫要扯,找人要紧。""不过要说玉旺这小女子进山也应该走不了多远，怎么就找不到呢？"警犬在嗅了玉旺的衣服气味汪汪汪撒出数里后也在山中丧失了气味的方向，众人不禁为玉旺的安危担忧起来。

村民甲："林子里有豺狗和豹子！"

村民乙："林子里有吃人的狗熊！"

村民丙："林子里还有大黑野猪，也吃人！"

村民甲乙丙代表群众的声音，代表群众的猜测里玉旺的死因。因为找了一天，丝毫不见玉旺的踪迹。

兰正义中断众议论："干部留下连夜找，村民回家，今晚找不到，明天接着找。"

村民回村，山中入夜。兰正义、李发康等一众干部继续留守山中，人命关天。消防和民警打着大电筒在前，兰正义和李发康打着小手电跟在后面。山中的夜里幽冷，林中的每一丝响动都会被放大得诡异。

"嗷嗷嗷！"猪叫声在夜里响起。

"你们听，猪在嗷嗷叫！"

"果然有猪在嗷嗷叫！"

众人闻声，手电筒齐刷刷朝着嗷嗷叫声的地方照，众人朝着手电筒照到的地方奔跑。估摸半小时后，众人离嗷嗷的叫声越来越近。手电筒所照的灌木丛中因为反射亮起数十双小灯泡："是野猪,很多的野猪!"有人惊喊。嗯,是的!灌木丛中亮起的小灯泡正是野猪群的眼睛反射着手电筒。与野猪在夜里不期而遇,众人愕然。野猪在夜里被强光所照,怔住三秒。待野猪回过神来嗷嗷往漆黑中逃的时候,众人还在愕然中。

"还愣着干吗?追上去。"李发康喊,众人打着手电筒追上去。

森林,尤其是夜里的森林,那绝对是属于野物的领地。野猪群往山顶上窜,众人跟在后头追。野猪群逃至山顶,翻下山梁子后便不见了踪影。兰正义和李发康跟在最后,气喘吁吁地跟上来。

兰正义:"大半夜的跟着野猪瞎追什么?万一野猪转过头来咬人怎么整?"

李发康喘着粗气:"你看见了没?野猪群里夹着一头白猪?"

兰正义:"乱麻麻的,谁顾得上去看黑的白的?"

李发康喊住一个民警问:"那你看见了没,有一头白猪?"

民警:"没有,光看猪眼睛了!"

"你……唉……"李发康问不出个结果。

"野猪群里夹进了家猪,家猪还不得被咬死?"

李发康把手电夹在腋下,双手揉了揉眼睛:"应该没看错呀,我就看见一头白猪夹在黑野猪中间。"李发康再揉揉眼睛,一拍脑门:"我敢肯定有一头白猪夹在里面!"李发康自我拍板,确定看见一头白猪,此猪极有可能就是发顺家跑丢的那头建档立卡猪。

"那猪呢?"兰正义打断李发康。其实众人与野猪群只不过在慌乱中照过一面而已。

山中搜寻人员夜遇野猪群的消息成为第二天早上人们的谈资,议论纷纷后人们一致得出结论:发顺跑丢的媳妇玉旺有极大的可能已经死在了山上,根据玉旺踪迹全无以及野猪成群的事实可以正面得出悲惨的推测,玉旺死了,肉已经被野猪吃了,骨头也被嚼碎。同时也得出一致的同情和愤慨:把发顺这个畜生也丢到山上让野猪嚼碎,把李发康这个多管闲事的间接杀人犯也丢到山里。

发顺在玉旺走丢次日,又伙同着老岩、二黑,呼呼大醉。仿佛丢了的不是他的媳妇。呼呼大醉时他仍坚持说着醉话:"玉旺,是李发康弄丢的,必须由李发康负责。"

李发康领着人在山中继续找,他走在最前面,背后是千夫所指。

留守山中一天一夜的搜寻人员累得够呛。股长兰正义糊弄个理由一大早就回了乡上，其余搜寻人员散在地上，横着，倚着，侧躺着。玉旺山中走失，谁都没法安宁。

随着玉旺走丢的时间拖长，这支搜寻队伍的规模不断扩大。第二天，相邻几个村的劳力加入进来。第三天，县上派来一支专业的消防队。地毯式搜寻在玉旺走失后第三天正式形成，林中已撒出去千余人。可是在千余双眼睛之下，丝毫不见任何一点有关玉旺的踪迹。县上每天的指示都差不多：设法减小这事的影响。但是这事没法不大，这种类似于人间蒸发的音信全无让这场千余人找一人的事件无边扩大，一直寂静冷清的山林在大规模的人群介入之后变得热闹又沸腾。

不断加长的失踪时间消耗着李发康的耐性，在山中坚持了三天三夜的李发康灰心丧气，心里打着突，脑子发着木。他眼前一黑，累晕之前仍然不屈从："活要见人，死要见尸！"如果搜寻的第一天是人和猪一起找，第二天就是单纯找人，第三天第四天就是活要见人死要见尸。而第五天，千余人在林中张大鼻孔期望着寻找到一具发臭的遗体，以告结这场费时费力的搜寻。可是没有，什么都没有。

人们认为的玉旺的死讯满天飞的时候,发顺不得不接受玉旺已死的现实。酒越喝越发酸,接受死讯就意味着不得不悲伤,发顺不敢再扯着嗓子喊一个死人疯婆娘了。

所以发顺从村子一路哭喊着上山去:"狗日的李发康,你还我玉旺。"

发顺的这种哭喊来得快,去得也快。就像是走过场,在散落着千余人的林中哭号一气后,发顺被老岩和二黑钳下山去。把悲伤哭喊出来不一定有缓释功能,不过能博取同情,这是发顺的目的。晕倒被抬走的李发康自然而然成为发顺这个可怜之人可怜的可恨制造者,这是一致认为,不可说服。

无所谓始,也无所谓终。发顺、老岩、二黑三人又继续成为一体,喝上了酒。

老岩:"给玉旺立个牌位供一下吧?"

发顺又开始说醉话:"不弄,浪费香火。明天去告狗日的李发康。"发顺又开始盘算着。

二黑:"嗯嗯,人命,赔死狗日的李发康。"

八

玉旺走丢的第十天。

扶贫办主任唐松的办公室热闹非凡,名为接待失踪者家属,实则是发顺率领着老岩和二黑在这里赖作一团。发顺的小盘算,以一条人命为筹码,肯定能在这里吃到一些甜头。唐松冷着脸,寻找着解决之法。办公室的皮沙发上,二黑穿着污兮兮的袜子蹲在上面,老岩靠着。抽烟,吐痰。发顺跷着二郎腿,假装丧妻之痛。对,是假装。

发顺:"唐主任,都是李发康弄的鬼,我要一个说法,我家媳妇死得不明不白。"

唐松冷着脸:"你媳妇不是没死吗?"

发顺:"那么多人找了十天都找不到,跟死了有什么区别。"

发顺继续一脸哭相:"唐主任,建档立卡猪是李发康发到我家的,换猪迎检的猪也是李发康买的,我那可怜的媳妇也是因为李发康才弄丢的……"

二黑和老岩附和:"是呀,是呀,我们可以做证,都是因为狗日的李发康。"

唐松好言细语:"我们县里会仔细研究这个事情,尽快给你们一个满意的答复。"

发顺无赖:"我们好不容易来一次县里,今天必须要一个说法,不然就不走了!"

唐松无奈，也只得继续见证三人的无耻："那说说吧，你们的意见。"

发顺愤愤："李发康促我媳妇和我离婚，我媳妇才跑丢的，一定要处理他。而且李发康买到我家迎接检查的猪，我希望政府可以帮我变成钱……以后……政府再有什么发猪崽发鸡儿的，直接帮我变成钱发给我……还有就是……我媳妇死了，政府方面多少给点赔偿……"

唐松听发顺一口气说出一系列无理的要求，冷着的脸转黑，啪一拍桌子："死了婆娘还狂了小鬼？李发康的事情我们县里会处理，你们的意见我们也会开会讨论。现在，请你们出去，我们要开会了！"唐松对三人下着逐客令，不过三人丝毫不见要走的意思。唐松无奈，打通兰正义的电话愤愤地说："快来把发顺他们带回去。"转而对坐在沙发上的三人说："你们喜欢待就待着吧！我要开会去了。"

"唐主任，唐主任！"三人看着唐松的背影。

还是唐松办公室内，二黑数落道："发顺，你狗日的不会说话！"

发顺说："要怎么说，我说的都是实话嘛！"

老岩吸了口烟："本来可以弄点补偿款的，现在完蛋了。"

三人又开始百无聊赖没有结果地内斗。

搜寻玉旺的工作在搜寻十二天无果后宣告结束,玉旺成为失踪人口。李发康是躺在病床上被当作问题处理的,扶贫的母猪丢了,是工作的错误;处理基层问题的时候用不当的手段造成严重的后果,这是严重的工作错误。数错加在一起,李发康成为特别严重的,可以让其他干部引以为戒的反面典型。革去公职——当李发康听到县上给自己的处理意见的时候,他瞬间释然。"唉!"长舒一口气,"就这样吧!"其间,发顺率领着老岩和二黑三人组成的无赖队伍从乡上到县上再到市上,闹遍了所有他们认为可以管到这件事情的部门。以至于从乡上到县上再到市上的各个部门都一致认为——此人,无赖。避之不及。

卸去公职之后的李发康倍感轻松,他要离开这个地方。插手别人的家事从而导致别人媳妇跑丢了,他已背负着千夫所指的罪名。解释不清,不可说服。当李发康身无一物坐上客车离开的时候,那个消失数月音信全无的玉旺从山里回来了。

嗯,没说错!那个跑进山林里失踪数月的玉旺,那个千余人搜寻而不见的玉旺回来了。和玉旺一同回来的还有那头所谓的建档立卡母猪种以及母猪身后跟着的一群小猪崽。母猪嗷嗷嗷,小猪呀呀呀,被玉旺赶着穿村而过。这一天,村里的人打开大门,玉旺和猪回来,像战士凯旋。

"玉旺不是死在山上了吗?怎么回来了?"

"怎么还赶着猪回来了?还有一群小猪崽子。"

"那群小猪崽是小野猪呢!"

"肯定是小野猪,大概是那母猪跑到山上跟公野猪配的种。"

"不是,玉旺不是死了吗?怎么又回来了?"问题又回到原点。

玉旺和猪继续在村中穿行,一路走,背后跟着的人越来越多,都想看一看这个失踪在林中数月的女人。

玉旺赶着猪回到家中的时候,发顺刚打包好行李,他准备到省里去上访。大门开,见玉旺进门,发顺一愣,接着一惊:"啊!你他妈不是死了吗?"赶进院子里的猪嗷嗷,见玉旺不回话,发顺大声吼道:"你他妈不是死了吗?怎么回来了,没死成?"玉旺的嘴嘟囔了几下,发声:"李……李发康……在哪?"见玉旺回来的第一句话就是问李发康,发顺愤愤:"李发康都他妈差点把你害死了,你还跟我提他?"发顺挥手欲打玉旺。

不过这次发顺失算了。啪!玉旺响亮的一耳光抽在发顺脸上。挨了一巴掌的发顺发着蒙捂着脸向后退却："这疯婆娘，真的疯了！"天旋地转，天旋地转，这里的天旋地转指的是发顺在捂着脸的瞬间看到门外奚笑的人群。这当然很让人没面，发顺在此时酸软，瘫在地上。世界仿佛倒置，然后变了个色。

"李……发康……"

从山中归来的玉旺变得强硬，但是依旧痴傻。不过人们改变了说法，玉旺这是淳朴的无害。玉旺吆喝着从山中带回来的猪群，沿着山路走，最终被林海淹没。

列车向东走，驶出南高原，撤去职务的李发康在车上。换个环境也许是种逃离，而逃离偶尔是逃命。列车向东走，李发康的电话响，接通，股长兰正义的声音从电话中传来："发康啊！误会呀，误会，发顺家媳妇回来了，建档立卡猪也回来了！"

李发康并不惊讶："回来就好，回来就好！"

兰正义："我们乡里和县上已经更正了对你的处理，你可以回来了！"

"……"电话那头李发康不作声。

兰正义接着说："发顺媳妇回来，不仅把建档立卡猪带回来，还领回来一窝野猪的杂交崽子。乡上准备在村里建立一个野猪杂交的示范基地。"

"……"李发康还是不作声。

兰正义接着说:"回来吧!村里的工作需要你!"

"嘟……嘟……嘟……"电话忙音,李发康挂断电话,列车驶出高原。

"唉,累了!结束了!"李发康自言自语,倚着车窗,睡去。

九

现在,我经常在电话里喊李发康:"嘿,倒霉蛋!"

他回:"滚球!说人话!"

我:"爸!"

他现在在沿海的某个城市的建筑工地,有时候扎钢筋,多数时候扛水泥。

我:"爸,村里的野猪养殖场弄起来了!村里的人都顺利脱贫了。"

我爸李发康:"那就好,现在国家政策那么好,好好过日子比什么都强!"

我接着说:"玉旺养殖场的每一头猪,都是我爸!"

玉旺管养殖场的每一头猪,都叫作李发康。

飞将在

一

元旦那天下起了雪,下得有些心不在焉,很散漫地飘落下来。老姨那天骑着自行车来我家,上楼的时候气喘吁吁地抱着一个大购物篮,进到屋里掸了掸衣服坐在小板凳上从购物篮里大包小盒往外拿,边拿边介绍,山西的羊小排、山东青岛的冻大虾、老北京宫廷八件儿、云南的三七粉和普洱茶……我爸打岔说:"咱们啥时候瞧得上外地的羊了?"说实话,老姨拿来的羊排品质不咋地,放冰箱里冻着,没几天遇上停电,羊排化了冻,一冰箱的食材全都落了膽。老姨叫我爸老哥，然后说："这些都是老周那些老战友给他寄的，年年都寄，不心疼邮费似的大包大包寄，吃不完，有些甚至不知道怎么吃。"我爸说："老周肯定知道怎么吃。"老姨摆摆手说："甭提了，老周还想原路退回去呢。"当时我刚考完研，等成绩，没心思关注他们俩的对话。老姨问我考研考到了哪里，我一时没想好怎么回答。我爸说："南方，考到了南方的大学。"我费力地点点头，老姨朝着我爸投来羡慕的目光说："真好，念书念得有出息。"说完又叹了叹气说："要是我家罗单能有你一半能耐就好了。"这话我一时不知道怎么接，于是我尬着脸问："单单现在怎样？"老姨又叹了叹气说："年后，年后从新疆回来。"

　　我已经有几年没有见到过我的表妹罗单了，其实罗单这丫头一点都不像我老姨说的那么不尽如人意。我和她中学的时候读一个学校，我大着她一级。一上了中学，罗单就像打了激素似的噌噌往上长，个头比我还要高挑。这高就高呗，谁承想这土丫头长着长着竟然出落得越来越漂亮。那时候全校男生间流传着一句共识：罗单是检验校花的唯一标准。对此，我不敢苟同，罗单再怎么校花，我都是校花她哥。据我所知，这丫头从初中开始就不停地收到男孩子的情书，有时还会有男同学托我给她递情书。还别说，众人瞩目下，罗单这丫头竟能立场坚定，岿然不动。刚开始收到情书交给老师，可那老师竟然教育罗单说一个巴掌拍不响。往后罗单再接到情书就立马不留情面地当着男孩面撕个粉碎，好几个男孩子当场就直接委屈得哭了，他们说他们的心都碎了。这样做的最直接后果就是托我给罗单递情书的男同学更多了，为此我明码标价邮费十元，一度在学校吃喝不愁还能花钱请人写作业。那会儿我们一起放学回家的路上，我便会展开情书在她后边激情澎湃地大声朗读："啊，我的单，我的小心肝……"为此，我们放学路上经常打架，关键是我没有一次打赢过她。最严重的一次，情书还没展开，罗单就拎起自行车锁链抽在我脑袋上，当时我眼前一晃就晕了。老姨买了麦乳精和鱼肝油来看我，说已经把罗单结结实实教育了。老姨抚着我头上的绷带心疼地说："单单这个丫头片子，骨子里就是个犟小子。"

是在上了高中的时候，我表妹罗单才对留在我脑袋上的疤痕深表歉意。道歉的方式只能是吃，当时七里河的兰新商贸展销会很热闹，大块大块的红柳烤肉用馕夹着，我一口气吃了两份才解气。噎得我直翻白眼的时候罗单给我递水然后拍后背，这死丫头竟然懂事了。罗单上了高中最大的变化还是形象上——这死丫头更加漂亮了。罗单的美名从校内传到了校外，放学路上经常有小流氓靠在树上瞅着罗单吹口哨，两眼放光说："这小妞儿，简直熟透啦！"我的死党顺子从小学开始就暗恋罗单，纠集了另外几个同样暗恋罗单的男同学去找小流氓们替罗单出头。结果便是青瓜蛋子们怯场，中途跑了，顺子被小流氓群起围攻，被揍得挺惨烈，后来直接就转学了。经过这事，小流氓们对我表妹罗单的兴趣不降反增。告老师没用，老师那点能耐都用在了课堂上。报警似乎也没用，小流氓们虎视眈眈想下手却还没瞅准机会。不过往后没多久，盘踞在学校门口的小流氓们忽然在一夜间消失不见，据说都进了医院。平事者正是老周，谁都想不到竟然会是老周。老周不过是个给齿轮厂当门卫的，关键还是个瘸子。我那些经常在夜市撸串的死党有幸成了目击者，他们不知道老周叫老周，他们着重强调老周就是"齿轮厂看门那瘸脚老头儿"，然后他们倒吸着凉气满脸敬佩地讲，那晚在星光街背后巷子里，那老头儿一瘸一拐单枪匹马挑战十余个小流氓，胳膊挨了一刀后，竟然还能打得乒乒乓乓，打得虎虎生风，打得其中有几个未成年的小流氓哭爹喊娘。后来我专门就这事咨询过我爹，我爹曾是体校专门教散打的。我爹对这事好像并不感到诧异，见怪不怪地说："无限制格斗，老周就是专门干这个的。"

在我的记忆里,老周这家伙最早是我们这片儿派出所的民警。小时候我们在街边弹弹珠,看见过他一瘸一拐抓小偷。后来不知道为什么就去了齿轮厂保卫科,据说是老周拿枪的时候手抖得厉害,差点走火伤了领导。那时候街坊四邻的大妈们嘴巴很刻薄,说:"枪都拿不稳的警察,怎么能让人民群众放心呢?"老周从派出所转去齿轮厂当门卫这事一度在我们这片传得沸沸扬扬,听人说这事惊动了武警部队的领导,一个电话从云南边防打过来,质问道:"谁好大的胆子让周建功同志去看门的?"无论谁来回答,永远只有一个:是老周主动申请转去齿轮厂保卫科看大门的。

老姨这次来我家是想请我爸做一回主的,长兄如父,尽管年纪都一大把了,形式上的东西还是不能丢。老姨跟我爸说:"哥,我想再找个人一起过了。"我爸没有迟疑,说:"早该再找个人了。"然后想了想又说:"老周这人,还是靠得住的。"老姨十分赞同地点了点头:"嗯。"老姨是四十多岁守的寡,跌跌撞撞十余年,在五十多岁时候决定迎来第二春。其实老姨的第二个春天来得不算晚,只不过春天的脚步比较缓慢。老姨原本是毛厂的纺线工,老姨夫去世那会儿毛厂不景气,郁郁寡欢的老姨理所应当成了毛厂第一批下岗职工。那会儿刘欢还为下岗的工人献过歌,"心若在梦就在,只不过是从头再来。"老姨下岗之后自立自强决定再就业,老姨那祖传的红油辣椒手艺可不是盖的,先是卖洋芋糍粑团儿,后来改卖油蒸面。蹬着小三轮从一个厂子门口被保卫科的同志撵到另一个厂子门口,最终小三轮蹬到了齿轮厂门口,老周对她笑了笑:"谁敢再撵你,你就告诉我。"后来齿轮厂门口的报刊亭要转让,被老周帮忙盘下来给老姨边卖报刊边卖油蒸面和肉夹馍。老姨的生意在齿轮厂门口定下来那会儿,其实已经和老周对上了眼,至于为什么一拖再拖始终没有点破的原因,大致有两个。其一,老姨四十多岁那会儿还剩几分姿色,周围人劝她说,找齿轮厂瘸腿的老小伙不划算。其二,是我爸一听是老周就坚决表示不赞同,直言不讳地说老周这人他再了解不过,没有品德。

我爸和老周结过梁子的,早些年我爸他们体校和齿轮厂结成兄弟单位,国庆节的时候专门搞了一场联谊活动。那会儿我爸年轻气盛,在联谊活动上表演武术散打,其实就是想和齿轮厂的工人兄弟们"练一练,切磋切磋"。结果自然是业余的敌不过专业的,工人兄弟们车轮战,然后一个接着一个被撩翻。体校的领导很满意,也很谦虚,拱手作揖说承让承让。齿轮厂的领导一脸黯然地转移话题号召大家，我们工人兄弟的敌人是钢铁。我爸作为胜利者下巴就要翘到天上去的时候，保卫科最不起眼的老周一瘸一拐上去了，众人愕然。别看老周瘸了一条腿，但灵活极了，一通躲闪避让，我爸晃了几下拳头竟然连老周的面都没擦到，老周快速走位到了我爸的身后，一个抱腿摔就让我爸向前倾了过去，随即老周借势化掌为刀砸在我爸的后颈。我爸没反应过来愣了两秒就晕了过去，再醒过来的时候反应很是愤愤不平："裁判我抗议，他犯规。"此后我爸对这场败仗便耿耿于怀，先是骂老周不讲比赛规则，击打后脑可是杀人的招式，越想就越气愤，后来上升为老周这家伙没有品德。

我爸对老周的态度一百八十度改观是在后来了。

我爸的工作从体校换到了档案馆，档案馆搬迁，我爸在分类规整档案时好巧不巧翻到了老周的档案。老周的履历可不得了，优秀侦察兵，在云南边境打过仗，后来转到武警边防部队缉过毒。获过个人二等功，是个战斗英雄，一个个字眼让我爸看得有些触目惊心。那天我爸失魂落魄回家的时候我正在做作业，我爸满脸虚汗地在沙发上靠了很久，然后起身到我跟前神情木然地看着我说："信不信，小鬼遇到了真神？"我听不懂，于是我说："不信。"咱们身边居然有这么一号人物，各部门当然明白这里面有得是文章可以做，老周不是最美退役军人那谁是？甚至连宣传的标题都拟定好了："战斗英雄深藏功与名，默默守卫社会主义工业化建设。"可负责给老周做人物事迹材料的同志找上门去的时候，却是热脸蛋贴了冷屁股。老周的态度很坚决很明确，首先，他的确当过兵，但是不承认自己干过什么英雄的事。其次，若是再找上门来，他立马辞职搬家。最后，老周着重强调："都别来逼我。"

再往后几日就遇上我表妹罗单这事了，老周一人干翻十余个小流氓，被定义为互殴。幸亏老周先下手为强将小流氓们教训了，在派出所的时候从小流氓身上搜出了乙醚，小流氓们哭天抹泪全招了，说，乙醚就是专门给罗单准备的。我老姨哭天抹泪来找我爸帮忙给走动走动，十多个人欺负老周，怎么能叫互殴呢？可无法，小流氓们太弱或者是老周出手太重让小流氓们进了医院，好几条胳膊脱臼。小流氓们委屈巴巴地说："除了对着罗单吹口哨，其余什么都没干哪，难道吹口哨也犯法？"关键是小流氓里面还有几个十六七岁的未成年，光凭未成年这一点，就没有任何道理可言。和未成年动武，绝对是老周的污点，典型自然是没法评了，或者老周就没想评。不过光凭老周为我表妹罗单仗义出头,我爸对老周的好感增添了不少,我爸服气地说:"一个人撂翻十多个小年轻,那得经历过多少实战哪,反正我是绝对做不到。"

于是我爸约老周喝酒,让我老姨先做好下酒菜,一定要喊上老周。老周一瘸一拐地过来,我爸说:"是我小鬼不识真神了。"老周连连摆手说:"没有。"然后他们喝酒,碰了几下后酒瓶下去一大截。老周的酒量一般,上脸,起身找我老姨要果汁。抱着果汁拖着腿回来的时候,我爸冒昧地问:"你这腿,咋弄的?"老周坐下之后云淡风轻地说:"小口径子弹,幸亏是贯穿,翻了几下把韧带搅烂了。"老周说完笑了笑,好似那腿是别人的。这让我爸备感惶恐,只得高高端起酒杯说:"敬你,是个英雄。"这次老周没有端起酒杯和我爸对碰,他对"英雄"这个词语异常敏感。不过酒劲上头了嘴巴就容易抖,老周瞪着我爸语气悲壮说:"我两个兄弟扔在了战场上,我他妈算个狗屁的英雄。"老周的话很悲怆,于是场面唰的一下肃静了。注定的,老周如此沉重的话是没人能够接得住的,我爸默默端起酒自行干了一杯。缓了好一会儿,我爸的胳膊搭上了老周的肩,看看我老姨再看看老周,端起酒杯十分放心地对老周说:"我这老妹,命不好,下半辈子交给你我放心。"老周这次和我爸干了一杯，酒烧得他眉头紧锁。老周看了看我老姨又看向我爸，说："再等一等。"我爸有些诧异问："等什么?"老周睁了睁惺忪的醉眼，说："就是再等一等。"我爸没再追问，老周可以是神秘的。于是我爸酒杯往桌上一掷，爽快说："等等就等等。"

至于等一等这个话题的最终结论，我爸是在很久以后我成人了才透露给我的。那晚老周趁着酒劲跟我爸透露了他的难言之隐，老周男人的那方面不行了，从回到地方之后就不行了。都听说女人四十猛如虎，所以老周说再等一等，免得到了床上伤了彼此的自尊。老周不行的原因是后天造成的，在云南边境缉毒那会儿出任务，要在边境伏击非法偷渡入境的贩毒马帮。老周的大腿根被毒虫蜇了一下。第二天患处又疼又痒，一抓就烂，加之边境湿热的气候环境，老周很快便烂了裆。溃烂之严重，裤裆底下黄红相间的脓血肉模糊地搅和在一起。原本及时撤下来治一治还是可行的，可战斗一触即发不能撤下来。最终拖延得太久，也就真的不行了。

二

老周是在齿轮厂正式倒闭前一年下的岗位，下岗的官方理由是曾经有过打架斗殴记录,实际原因是齿轮厂越来越不景气。齿轮厂是工人兄弟们心中永远挥之不去的伤痛,原本干得热火朝天的厂子怎么会说不景气就不景气了呢?据说后来有下岗的工人兄弟到了浙江谋生,看见过被卖过去的德国进口机床,轰隆轰隆运转良好,上边还印着齿轮厂的标。老周下岗之后,我老姨也将报刊亭转了手,他们俩合伙开了家馆子卖牛肉面,生意也还成。其实我老姨和老周在卖牛肉面的时候就已经夫唱妇随有了夫妻的模样了,只不过没有夫妻之实。我表妹罗单参军入伍去了新疆后,老姨不止一次跟老周算笔账,说:"咱们都这样了,搬一块相互照应吧。"老周却摇摇头说:"我们还没领证呢。"老姨气急:"领,今天马上就去领。"老周摇摇头又犹豫了,说:"再等等。"老姨这人赶时髦,接受新鲜事物快,我不止一次听她旁若无人地跟老周念叨:"抓紧抓紧,我一定要给你生个孩子。"至于现在,为什么老周会主动提出要和老姨共赴春天了,原因也很简单,老姨惊恐地说她绝经了。绝经了,也就意味着她和老周一起生不了孩子了。

我爸问老姨,说:"这上门请你老哥为你做主,那也算提亲了,怎么新郎官老周没来?"老姨万分无奈摇摇头说:"甭提了,这不新年了嘛,早早地就躲回了扎尔那,生意也不管不顾。"老周的老家在扎尕那边缘的一个小村子，我去过一次，家里没什么人了，剩个老屋，老周经常回去修缮着，倒也能遮风挡雨。老周这人怪，年纪越大人也越怪。新年或者春节他都要远远地躲回扎尕那，这不是过节都要放点烟花爆竹庆祝庆祝嘛，老周竟然对烟花爆竹过敏。每每烟花爆竹炸响的时候，老周总会眉头紧锁，焦灼难安。烟花爆竹响过后，空气中飘散着一股硝烟味，老周一闻到这股味道就会捂着嘴巴冲到卫生间剧烈呕吐。老姨总跟我们抱怨，老周这家伙越老这胆子就越小，有一次隔壁店开张放鞭炮，老周拿了口铁锅套在头上一骨碌就钻进了桌子底下。对此，我们百思不得其解，也只能笑笑。我们对老周的疑惑，是我表妹罗单解开的。罗单竟还赞扬说，打过仗的老兵大多这样，条件反射嘛，说明作风优良。我打趣罗单，问："你也会这样？"罗单摇摇头说："我倒想这样，遗憾的是我没有打过仗。"如出一辙地，我们对罗单的回答同样百思不得其解。这个时候我表妹罗单已经从部队退役回到地方。

　　罗单退役回来那会儿我已经收到了研究生录取通知书，正在等开学。这个研我考得不算理想，最终报了调剂，被云南昆明的一所高校录取。罗单回来那天我们全家组织着去火车站接她，老周也去。我老姨再三向我们确认罗单要回来的消息,心情复杂,一大早起床就开始哭,一路哭哭啼啼,到了火车站的时候眼睛肿得像桃子。罗单背了一个硕大的行军包,一身迷彩没有肩章,从火车站出站口往外走的时候我简直没有认出来是她。都说部队是个大熔炉,这话说得委婉了,罗单给我的感觉是有颠覆性质的,简直入伍前后不是同一个人。罗单这丫头原本入伍前高挑的身材如今变得魁梧了,不看脸,身形似个男人。一头短发很清爽,当初那娇嫩的脸蛋如今略显粗粝,不过笑起来很爽朗,牙齿洁白。前后变化太大了,我老姨当场便怔住了。我妈在旁边捅咕了她几下:"单单回来了,真的不骗你。"老姨这才反应过来,嗷的一声号啕着奔向罗单,鼻涕眼泪一起流的时候说:"我的好单单,可急死妈妈了。这次回来了就不准走了。"罗单步态端正,走到老周面前挺拔站立,啪的一声,给老周敬了个军礼喊了声"叔"。于是老周同样怔住了,他没想到罗单会给他敬军礼。怔了半刻,老周抖擞了下腿,肩膀一高一矮勉强立正了,昂首挺胸给罗单回了一个军礼,说:"回来了,就好。"

  我的表妹罗单是在老周那场打架斗殴事件以后才逐渐接受老周的,毕竟没有谁能随随便便接受一个陌生的男人忽然就变成了自己的后爸。老周和小流氓打架胳膊被扎了一刀，住院期间老姨煲了鸡汤特意让罗单送去以示感谢。罗单当时不知道事情的原委，坚决不去，和我老姨爆发了剧烈的争吵。老姨最后吵不过罗单，挥手给了罗单一耳刮子，哭着说："小白眼狼，你周叔叔为了给你出头，跟那群小杂种打架才挨的刀子。"罗单当场愣住了，好一会儿才反应过来，提起保温盅匆匆往医院跑。起初罗单对老周只身对战群流氓的英勇事迹存疑，专门跟我讨论过。我预先知晓老周的背景，我说："这不奇怪，老周可是当过兵立过功的战斗英雄。"罗单仍旧存疑："可他腿瘸。"我懒得再纠结这样的话题，说："解放军叔叔你都不信，你要信啥？"没承想罗单这死丫头傻不啦唧问了我一句："当兵的真有这么厉害？"我都有些懒得理她了，不耐烦地说："可不厉害，有能耐你也当兵去。"

罗单是在读大学的时候报名参军去的部队，参军入伍这个消息着实让我们全家集体感到震惊。当然，这对我老姨而言完全称得上是惊吓。正如老姨所说，压根想不到这死丫头会有这么大胆的想法。罗单将她想参军入伍的想法隐藏得很好，报名体检都是在大学完成的，直到入伍前夕才将要参军这一消息冷不丁爆出来。其实罗单参军这事算是蓄谋已久了，就我所知道的，最早可以追溯到高中时期。那一年假期我们一个县发生特大洪涝灾害,洪水退后抢险救灾,罗单虚报年龄报名参加了志愿者,主要任务是给电视台的记者打下手,扛着采访设备到抢险救灾的一线去。回来的时候整个人瘦了一圈黑了一层,我问罗单感受如何,罗单的眼神变得成熟,她的眼神甚至不像她的眼神,说:"抗洪救灾的解放军真了不起,我也想当兵去。"当时我没把罗单的话当真,我说:"丫头片子就别胡思乱想了。"

在得知罗单要去当兵这一消息的头两天,老姨用尽所有恶毒的语言咒骂罗单的大学,老姨先入为主认为罗单入伍这事绝对是学校给洗脑之后强制征召。罗单一再解释这是自愿的,她从中学时代就一心想当兵。老姨抹着泪愤愤地说:"你连袜子穿什么颜色都没个谱,当兵还成你的主见了?"骂完学校,老姨后两天主要用来哭,不安地哭,心疼地哭。先是号啕,然后啜泣,最终哭哑了哭至虚无才发现这是一个无法改变的既定现实。老姨发挥有限的想象力,伤心地说:"我多好的闺女呀,马上就要去风吹雨打日晒雪冻吃不饱穿不暖吃尽苦头啦,完犊子啦。"看老姨对部队有误解,老周有必要干预一下,老周说:"你净是胡思乱想,现在部队好着咧。"于是老周成了老姨委屈的倾诉对象,老姨瞅了瞅老周的腿,更悲伤了,说:"你敢说你的腿不是在部队里瘸的？"老周不接老姨的火，平淡不惊地说："我愿意瘸，我就愿意。"于是我老姨火气更大了，挠了老周一脸。

不过老姨的思想工作最终还是老周来给做通的，具体方式不详。反正后面家属前往罗单大学送她入伍的时候，老姨紧紧挽着老周的胳膊，老周脖子根还有老姨留下的爪子印。送兵的现场几乎所有的家长都在哭，罗单所在大学的领导在欢送仪式上发言说："大学生参军入伍，好哇，我们年轻人有伟大的理想，国家和民族就有伟大的前途。""伟大"这一词汇迸出来的时候，底下的家属，尤其是妈妈们，哇的一声哭得更厉害了。"伟大"这样的概念是那样地遥不可及，如今真用到自己孩子身上，家长们心中难免有些空落落的。罗单戴着大红花登车走的时候，老周罕见地对老姨厉了声："不要哭了，单单她去部队又不是上战场。"老姨生生将哭声咽了下去，老周对着逐渐驶离的运兵车敬了个标准的军礼。

罗丹参军入伍最为关键的一点，是这丫头恋爱了，对象是个士官。罗单将她的恋情隐藏得很深，或者根本就没有隐藏的必要，山高水长的异地恋。罗单是在后来跟我说的，刚上大学那会儿和闺密一块出去旅游，主要的项目是爬上华山趁着日出时刻拍照片。一大早天还没亮姐妹俩背着两个硕大的登山包就往山上爬,可路太陡包太重,爬到半道两人就气喘吁吁走不动了。这时候一个年轻的小伙凑过来搭讪,好心问:"要帮忙吗?"面对陌生人,自然要有戒备的,罗单上气不接下气地说:"不用了,包太重。"小伙子问:"你们也是去山顶看日出的?"闺密沮丧地点了点头。小伙倒是耿直,说:"那你们把包给我吧,咱们一起往上爬。"罗单刚想拒绝,边上的包就被小伙子提溜了起来。小伙子咧着嘴笑得很朴实,说:"不算重,在部队我们每天武装越野背的包比这个还要重。"罗单惊讶地问:"你是当兵的?"小伙子说:"现在休假。"确认了小伙子是当兵的,罗单戒备的心瞬间松弛下来,这样的感觉很怪,军人的身份令人踏实,特有安全感。然后他们一起登山及顶迎接日出,在万丈霞光中互相拍照。罗单一路问了小伙子很多部队里的事情,譬如伙食怎样啊,条件如何呀,小伙子最后说:"你去亲自看看,就什么都知道了。"

  罗单参军入伍去了新疆,中途给我发过几张照片,荒漠戈壁边防连队,帕米尔高原繁星满天。入伍期间我们先后打过几个电话,信号断断续续,我问罗单:"当兵在部队都干点啥?"罗单那边信号不好声音沙沙的很嘈杂,说:"保护藏羚羊。"罗单是去了部队才跟那华山认识的小伙确定的恋爱关系，只是在华山匆匆见过一面，往后都是有一搭没一搭的网恋。那小伙子本来答应休假了要去新疆看她，可话刚说出口就接到了任务，出国远赴苏丹维和部队执行任务。所以罗单亲口跟我说，她的爱情长跑是艰苦卓绝的。要克服的首要困难是异地的思念，彼此的联系也成问题。千辛万苦联系上了，网络信号又时有时无了。其次便是时差，罗单的下午是对象的清晨，一天之中也就这个时间段两人才能短暂地开个视频。甚至有时候各自出任务，几个月都建立不上联系。罗单跟我说完这些，我心里就一个想法，这样的恋爱竟然不分手，那绝对是月老大人捆他们俩的时候用了钢丝，再不济也用了麻绳。

我老姨和老周是在罗单退伍回来的第二个星期举办的婚礼。老周说："都一把年纪了，随便摆上几桌坐一坐就行。"老姨偏不，她说："我倒是无所谓，不过你不行，好歹这是你第一次当新郎官，绝对要热热闹闹办一回。"婚礼是在福赢楼办的，规模不大，七八桌，请的客人也主要是我老姨这边的亲戚朋友。老周家那边没人了，零零星星来了几个以前齿轮厂的老工友。老周西装革履，打了发蜡涂了腮红，对着镜子越看越不自在，老周说："今天的模样有点像纸扎人。"老姨一身喜庆的旗袍，满身金灿灿的凤凰，身材富态，凤凰的尾巴在小肚子那里打了个波浪。我和罗单端着盘子站在门口迎宾，我负责发烟，罗单负责散喜糖。

婚宴快开始的时候，我看了看人差不多都到齐了，转身要进去的时候来了五个精神抖擞的老头儿。老头儿们穿着牛仔裤和皮靴，上半身搭着一件卡其色衬衫，身上背着一个军绿色的亚麻布挎包，那气质很像美国西部片里随时随地可以拔枪决斗的牛仔。其中一老头儿操着一口广西口音问我："请问周建功的婚礼是这里？"广西话鼻音很重，字句黏在一起，我没听太清。于是另外一老头儿打开手机翻出一张照片问我："这家伙，今天在这里办婚礼？"那是一张翻印的老照片，上面是个青年的军装照，军装的式样很老。我瞅了两眼还是辨认出来这人就是老周，老周眼角有一颗痣，不过现在更大更黑更明显了。我一脸愣怔点点头，说："没错是他。"于是老头儿一合计，异口同声说："杀进去！"我完全蒙了，我想叫住他们，又觉得不应该叫住他们。也从没听说过老周还有这么一帮杀气腾腾的朋友哇，我蒙，我表妹罗单更蒙。老头儿们进去的时候，跟在最后那老头儿从挎包里掏出五个信封来，说："这是我们给建功的一点心意！"那五个厚厚的信封堆在罗单手中的糖果托盘里，沉甸甸的很显分量，目测是一万，第二天罗单告诉我里面是两万，还有一个是三万。

对于老头儿们的不请自来，老周也是始料未及的。老周当时正领着老姨挨桌敬酒，听见背后有人喊他："建功。"老周猛然抬头，犯了愣怔看着老头儿们，好半天才说："你们怎么来了？"老头儿们问："难道我们不该来？"老周一脸迟疑："你们怎么知道我今天结婚的？"老头们丢给老周一个鄙视的眼神，说："别忘了以前咱们好歹是搞情报的。"老周喉头耸了耸没说出话来，哽咽了。老头儿们的到来完全不在计划之内，临时又开个包房摆了一桌。老周和老姨集体敬了一次酒后，专心去陪这几个远道而来的客人。可进去没多久，老姨就被老周请了出来，说："你去陪外面的亲戚朋友。"老姨委屈极了，说："他竟然把我撵出来了。"这天老周喝得很醉，摇摇晃晃扶在包房门口喊服务员："上酒，上大酒。"似乎都忘了今天是他自己结婚，而并非他们老朋友聚会。这晚老周他们老哥几个喝到很晚，中途一老头儿扶着墙出来，去卫生间嗷嗷吐得山呼海啸，一抹嘴，摇摇晃晃到我老姨跟前喊了声"嫂子"，然后咬着舌头请示般说："我们和建功三十多年没见了，请批准今天大醉一场。"老姨无奈极了，咧着嘴说："开心就好，你们喝开心就好。"老头儿转身进包房，于是老姨更委屈了：

"喝，喝死了拉倒！"我站在老周他们喝酒的包房外张耳听，里面的阵仗小不了。都一把年纪的人了，没承想玩兴还这么大。先是一堆酒杯叮当叮当碰在一起，往后便是拍桌子打节奏唱歌，鬼哭狼嚎。最后包房里的服务员熬不住了，退了出来，透露两个信息：其一，从未见过喝酒能喝得如此杀气腾腾的老头儿。其二是交代家属，经理说，再照这么喝下去，出啥事跟酒楼无关，建议转到下一场。

老姨婚礼的第二天，我和表妹罗单就得上学去了。罗单是大学生入伍，保留学籍，退伍复学继续完成本科最后一年学业。而我考了研，要去云南昆明的新学校报到。我妈送我到机场，我爸没来，他向单位请了假，专门陪老周几个老战友四处转一转。老头儿对我爸说，他们已经和老周三十多年没见了，主要原因是老周这么多年一直躲着不见他们，所以这次就做足了情报组团亲自来了。老周这几个老战友可不得了，其中一个是退役的武警大校，一个是退伍转业的地方领导，另外三人退伍后合伙干了企业，卖猪饲料发的家。三个企业家老战友对老周毕恭毕敬，说老周是他们的救命恩人，在边境扫毒作战时负了伤，是老周冒着枪林弹雨拽着脚把子给拖回来的。老战友们一共待了四天，我爸和老周全程陪同。去了拉卜楞寺、当周草原，最后回了一趟老周的老家扎尕那。我爸回来以后对老周这人的敬重之心到了极点，有一回我们家庭聚餐，我爸喝得有些高，号召我们全家说："老周现在也是我们家的人了，今后我们全家以老周为荣。"

几个老头儿叫老周队长，他们都是老周带过的兵。他们对老周的评价极高，老周在部队时候可是一流的狙击手，一杆85大狙专打敌人上眼皮。老周最后一次出任务，是参加一个多国联合扫毒行动。老周率领两个兄弟组成狙击小组伪装潜伏至贩毒集团老巢外围，在扫毒行动全面收网之时配合端掉贩毒武装的重火力。原计划是抵近侦察时，会有一个"架马槽"来和狙击小组交接情报。"架马槽"也就是给贩毒集团养马的，是养了多年的线人。可真抵近了，却寻不到"架马槽"的踪迹，潜伏的狙击小组也就随之暴露。暴露之后小分队往回撤的时候遭到了密密麻麻的贩毒武装的进攻，狙击小组边打边撤，一枪毙掉了贩毒头目的儿子，于是遭到武装贩毒集团更加疯狂的报复。贩毒武装的火力可不容小觑，机关枪、火箭筒、迫击炮都用上了，誓要将老周他们狙击小组炸成块捻成灰。老周在撤退过程中腿部中弹，其余两个兄弟拖着他只能据守险要等待支援。火箭弹拖着长长的尾巴袭来的时候老周离着炸点远，被震晕了过去。支援的部队赶到的时候现场只剩老周一个人，老周醒来已经躺在医院病床上。醒来之后老周疯狂寻找另外两个兄弟，可令人绝望的是，两个兄弟活不见人，死不见尸。

送老周到医院的卫生兵亲历过现场，倒吸口凉气说，估计碎了。老周凭借着晕过去之前的撤退路线往回找，除了一些蘸了血的土壤什么也没找到。那晚山里下大雨发了山水，估计都冲没了。后来边防部队和民兵搜山，方圆十公里搜遍了仍旧一无所获。此役之后评军功，老周本可以成为典型的，孤立无援面对那么多贩毒武装，还撑了那么久。他却说服不了自己。他跟中队长闹，他跟大队长吵，他发了疯似的见人就问："你见过我那两个弟兄吗？尸首也成，哪怕是一根手指头，一只耳朵。"可是没有，这么多年一直没有，那两个兄弟从此人间蒸发。

三

罗单大学的专业是旅游管理，退伍复学的时候刚好赶上实习。

她一大清早给我打电话，说："在坚守底线原则的基础上忽悠了一群大妈来云南普者黑赏荷花。"我说："你这专业真够丰富的，实个习都可以绕着中国大半圈。"罗单说："我跟旅行社主动申请的，我就想到云南看一看。"后来我才知道罗单处的那个对象就是云南的。我说："那好巧不巧十分不幸地我刚好就在普者黑，你尽管来吧，结结实实宰你哥一顿。"

我读研那导师，聪明绝顶，生意做得比学术好，技术入股跟别人合伙开了家公司。把我们拉进去，跟着帮忙，美其名曰："把论文写出花来也就那仨瓜俩枣，跟着我，把科学技术转化为生产力。"当时我们接了普者黑的一个项目，帮一个公司安装调试景区的监控系统。罗单带着大妈们在普者黑玩的时候，我就在监控后台上看着她玩。我导师弄的这套系统挺牛，人脸识别，行迹跟踪，还可以进行喊话。罗单的大妈旅行团导游有两个，罗单这个小实习生是给她师傅打下手的。罗单的师傅是个中年女人，烫着大波浪，涂成红嘴鸥，口才了得，我在监控里看见她将大妈们忽悠得一愣一愣的。我把监控画面放大，我看见我表妹罗单跟在队伍后面垂头丧气的，于是我调了个摄像头对她喊话："喂，罗单，我是你亲爱的。"只见监控画面里的罗单被吓了一哆嗦，有趣极了。随后我看见她抚着胸口给我打电话："哥，你要死了呀。"

到了下午，罗单把大妈们送回酒店安顿好了以后打电话让我去接她,只见她闷闷不乐地从酒店出来,吃饭的时候也是闷闷不乐的。我问她:"怎么了?死着一张脸。"罗单说:"我可能不适合干导游这个职业。"我问:"为啥?"罗单跟我抱怨说:"还不是我师傅,一路上就看到她忽悠大妈们买东西了。一个大妈说已经买够了不能再买了,我师傅竟然威胁要把人家赶下车去。我忍不住怼了她两句,然后一路上她就处处针对我,说回去了也不给我在实习鉴定表上签字。"我哈哈笑了,开导她说:"你傻呀,大妈们不买东西,你们导游吃什么呀?"罗单更气了,愤愤说:"我总感觉不对,这跟骗人没什么两样吧。"我也纠结不清楚,连忙换了个话题说:"第一次来云南,感觉怎样?"罗单说:"挺好的,简直太棒了。"过了一会儿罗单冷不丁又问我:"哥,假如我一下狠心嫁到这边来,会怎样?"我被问得有点怔,说:"没有假如,我老姨绝对会把你腿打断的。"罗单犹豫了,纠结了一会儿说:"我处的那个男朋友,就是这儿的。"罗单这么冷不丁一说,我正喝着茶差点被呛到,我说:"其实你们家更需要一个上门女婿。"

　　罗单随团回去后,先下手为强,联合几个大妈将她师傅给投诉了。旅行社自然是要保她师傅的,怎奈低估了几个大妈的威力。据说后来这事闹得挺大,关键是大妈们死咬不放的录像证据还是罗单给她们的。毕业的时候罗单她老师赠了她一句忠告："换个方向努力吧，至少在旅游这块你已经把自己的路给堵死了。"罗单不以为然，坚持她的原则说："事情不应该是这个样子。"那老师摇摇头，恨铁不成钢地说："那又能怎样？这不是在部队里。"大学毕业找工作，罗单抱着简历跑了大小十多家旅行社应聘导游，可这些旅行社就像约定好了似的，看看简历又看看罗单本人，摇摇头说："对不起，你不合适。"罗单有时也会多一句嘴，问："为啥不合适？"人家不正面回答，冷冷地说："不合适的理由就是不合适。"有更过分的，人家简历都没翻开，抬头瞅了瞅罗单，说："你好意思来我们都不好意思用。"往后罗单便放弃了专业方向的工作，窝在家里专心备考军队文职，以零点五分之差被刷了下来。考军队文职失败这事对罗单的信心打击挺大，罗单十分愤怒地跟我分享她遇到的一道奇葩的逻辑题，说题目是：大舅去二舅家找三舅说四舅被五舅骗去六舅家偷七舅放在八舅家柜子里九舅借给十舅发给十一舅工资的1000元。问题是：究竟谁才是小偷？罗单跟我说这事的时候都要崩溃了，嘴里荒腔走板地唱："他大舅他二舅都是他舅，桌子板凳就特么我是木头。"

罗单最终决定来云南工作的时候我研三，准备毕业，不打算继续读博。我导师的生意做得风生水起，向我抛来橄榄枝。公司运作得好，我也算老员工了，给我开的还是年薪。我妈给我打电话的时候带着哭腔，我爸在一旁叹了口气说："罢啦罢啦，人是一粒种，到哪儿都生根。"罗单是在我这个当哥的带头做完了表率后才鼓起勇气去云南的，其实我知道罗单早就想来云南了，不过是牵绊太多。我老姨的哭功我是见识过的，若是气氛渲染到位了，她绝对能哭得昏天暗地。其次就是老周，现在是罗单的继父。老周和老姨结婚后，身边有了依靠，身上那些一直忍着的老病旧伤一股脑全都暴露出来了。那双腿风湿病严重到都已经畸形了，一到冬天就疼得一夜一夜在床上打滚。最严重的还是他的腰椎，边疼得冷汗直流边打摆子，到医院一拍片子才知道骨缝里镶着一块弹片，位置很特殊，没办法取出来。更为要命的是，老周浑身伤病却坚持不肯上医院，身上随时揣着止疼片，实在熬不住了就掏出来嚼两颗。是到了跟老姨结婚，移交财政权的时候才发现问题，老周的存折上竟然没有积蓄。老姨也疑惑，说："好你个老周，背地里悄悄养小媳妇。"这时候老周才掩不住，说："都寄去给了两个战友的老母亲。"老姨憋不住了，愤愤地说："别人的妈，还轮不到你孝顺。"于是老周罕见地朝着老姨发了火："两个兄弟被我弄丢了，他们的妈就是我的亲娘。"

罗单给我打电话，再三跟我确认："你真打算留在云南工作了？"我说："回不去了。"罗单又问我："你留在云南了，你爸爸妈妈怎么办？"我说："还能怎么办，等我稳住了脚，把他们都接过来。"罗单挂了电话，过了一会儿又给我打来电话，说："哥，我决定了，我也要去云南。"我听得有些讶然，说："你来云南干啥呀来云南？"罗单的语气有些急，说："再不离开，我妈就要把我嫁了，一个星期逼我相了八回亲。"我说："天哪，你就没跟老姨说过你那个解放军对象？"罗单说："你认为我敢？"

我在云南昆明想办法托人给罗单张罗工作的时候，罗单却一声招呼不打直接飞去了云南文城。我有些生气，给罗单打电话说："你个死丫头要造反？"罗单在电话那头笑呵呵说："哥，我已经找到工作了，就在文城。"同样地，罗单这次又来了一个蓄谋已久的先斩后奏。我早该想到的，罗单处的那个对象就是文城的。罗单这死丫头哪里是为了工作呀，还不是为了爱情。不过还好，罗单到文城是去她对象家里一个亲戚的药材厂工作，工作不累，主要是给人家记记账。罗单来云南工作的第二个月我才见到她，恰好我前往文城出差，顺便见一见罗单那个对象。

总算是见上了,罗单那对象叫童威,挺干练的一个小伙子。浓眉毛、大眼睛,剃个寸头,就是肤色有点黑,笑起来牙齿很白显得人很憨实。相处下来的感觉就一句话,咱们都是爽快人。没那么多讲究,但总归还是有点讲究,比如吃饭的时候,童威在我对面正襟危坐,那姿势板板实实的。寒暄了几句过后,吃饭就单纯吃饭,食不言寝不语,作风优良。这就让散漫惯的我有些不自在了,若是吃饭真的只为了吃饭,那也太没意思了。罗单懂我,用胳膊肘捅了一下低头扒饭的童威,童威立马放下手中的碗筷找话了,结结巴巴说:"不好意思,刚从部队回地方,很多东西还没有适应过来。"我说:"没有。"童威是个老兵了,今年刚退伍,转业到了退伍军人事务局,这个工作听着就挺好。吃饭的时候就我跟罗单俩絮絮叨叨了,童威咧着嘴附和着我们笑,偶尔不着要点地插上几句话。或者他本来就不是那么健谈。饭吃到一半的时候,童威电话响了,放下电话就红着脸跟我们致歉:"刚刚局里领导打了个电话,有工作要赶回局里处理。"我说:"没事,工作要紧。"

童威起身走了,罗单跟我说:"文城是革命老区了,退伍老兵很多,童威他们一忙起来就不分时间地点人物。"我说:"老妹呀,你跟你亲哥还客套个啥呀!"然后我和罗单将桌上剩下的那只烤鸡分了,有一搭没一搭地边聊边啃。罗单问我:"怎样?"我说:"烤得挺香的。"罗单噘着嘴,说:"我是问你我对象这人怎样。"我掰了一只鸡腿,说:"谈男朋友的话,不行,毫无情趣,干涩。"然后掰了一只鸡腿递给罗单,接着说:"若是做老公的话,再适合不过,踏实,靠得住。"罗单准备接茬说,可我又说了:"难哪!难只难在你大老远地找了个好男人。"罗单被我说得一愣一愣的,刚咬了一口的鸡腿突然就不香了,有些失落地跟我说:"我也不知道怎么办了,手心手背都是肉。"罗单这话又让我接不了,于是我掰了一只鸡翅膀去蘸辣椒面,再看看罗单眼巴巴望着我,于是我还是得说,我只得中立地说:"先处着看看,实在不行咱再换。"可罗单听话不得要领,我还没说完就被她呛声了:"换你妹呀,换。"

是到这年春节的时候,罗单才决定和我老姨公开自己的恋情。结果自然是毫无悬念的,我老姨的身上蕴藏着海量的泪水,鼻子一皱声儿还没出,眼泪就奔涌而出。尤其是今年罗单把童威带回家,这是罗单继参军入伍那事以后又一出对我老姨的惊吓。尽管罗单已经提前给老姨打过预防针,说:"今年过年不送礼,送礼只送好女婿。"我老姨说:"你能耐你带呀!没人要的死丫头。"当罗单真带着童威出现在老姨面前的时候,老姨怔了一下,然后开始哭,边哭边流冷汗,满头满脸乃至于全身,汗水肉眼可见大颗大颗从毛孔中挤出来,一绺绺簌簌簌地淌下来。所以罗单和童威刚到的头一天,老姨一声招呼不打就直接来了我家,坐在沙发上哭得酣畅淋漓,边哭边用挂在脖子上的白毛巾擦汗。第二天眼睛肿得毛桃似的,实在是哭不动的,擦了一上午的汗。最终还是被罗单和童威送去医院,做了个全身大检查,核磁CT心肝脾肺血液大小便轮番来了一遍。医生扶了扶眼镜,拿着一大沓化验单研究了半个小时,最后给开了一盒乌鸡白凤丸。

  对于童威,老姨是一个看法,老周又是另一个看法。童威是南方人吃不惯面食,老周悄摸买了大米带到我家让我妈做,说:"大过年的,咱们两家拼伙算了。"不难看出,老周是喜欢童威的,这是一种老兵和老兵之间才有的喜欢,亲切而又充满默契。老周一听童威是文城人,更喜欢童威了,整天拉着童威问这问那,他当兵作战那会儿就是在文城。罗单跟童威补充说,老周不仅在文城当过兵,还是个战斗英雄,于是童威感觉老周更加亲切了,一口一个老前辈,邀请说:"年后跟我和单单一起回文城看看。"老周点点头又摇摇头,说:"还是算了。"

年过得差不多了，罗单和童威决定向老姨提出这次回来的主要目的——谈婚论嫁。这次童威主要是来探一探态度的，顺便打听一下具体操办的一些事宜。罗单委婉地引入话题，到了童威这里却又是开门见山的。童威喊了我老姨一声"姨妈"，然后说："我和单单想抓紧把手续给办了。"我老姨当时一听，愣怔了三秒，然后就激动了，铿锵撂出六个大字："不可能，没商量。"于是老姨在初五这天第一次离家出走，只是尝试。在隔壁小区公园里溜达了几圈后，转去菜市场买了把韭菜回家来包饺子。见一家人都火急火燎出门找她去了，老姨很是心满意足，悻悻地将"单单"改成了"死丫头"。第二次离家出走倒是有点像真的，老姨收拾了一个行李箱，一大早就出门了。不过这次我们并没有再心急火燎，老周说："都别去寻她，看她能走哪里。"最终我们在火车站旁边的一家麻将馆找到我老姨，老姨手气爆棚，连和了八把。见到我们的时候鼻子一皱又哭了，狠狠地掐了老周一把，委屈巴巴地说："现在才发现我丢了。"

后来我回云南不久，大概是三月份，罗单给我打来电话说："哥，我下定决心了。"我被她扰得很烦，说："什么？"罗单说："哥，我下定决心了，要嫁给童威。"这让我听得有些愣，说："嫁个屁呀嫁，我老姨能同意？"罗单挂了电话，我微信上立马收到了罗单给我发来的图片——这死丫头竟然跟童威领证了。给我惊得一骨碌从床上坐起来，罗单这死丫头将先斩后奏这招用得是炉火纯青了。这时候罗单再次给我打来电话，说："哥，你赶紧给我支个招，我要怎么跟我妈说呀。"我莫名有些气，愤愤地说："你就等着直接把我老姨气死吧。"罗单和童威登记领证这事最终还是通过我，我再通过我妈委婉地向我老姨传达的。我妈跟我说，老姨在得知并确认这事后，直接就背过去了，吃了一把速效救心丸才缓过来。老姨缓过来以后没有哭闹，面沉如水，返回卧室翻箱倒柜找户口本，翻得丁零哐啷失手打碎了好几个花瓶。问到老周，老周也直言不讳说："是我给他们的呀，他们年轻人下定决心在一块儿了，我们老的又何必阻拦呢。"我老姨不搭茬，她感受到了深深的欺骗，冷冷地对老周说："我们离了吧。"老周没当真，继续辩解说："我实在想不出还有谁，比童威这样的老兵更值得托付了。"老姨还是不搭茬，朝着老周歇斯底里："爱咋咋地，我不管啦。"

这事算是安全着陆了，往后就剩下摆席办婚礼了。先是在我们这边办，童威全家都从文城赶来。老姨虽说还有些余怒未消，不过就罗单这么一个姑娘，忙前忙后给操办得风风光光热热闹闹的。婚礼的当天,罗单的微信上接到几个红包,数额挺大,是老周那几个老战友给随的礼。罗单问老周:"怎么办,需不需要退回去?"老周犹豫着摇摇头说:"给你你就收着吧!"北方的婚礼办完,接下来就是要去南方办。童威给我爸妈老姨老周他们订了飞文城的机票,老周却坚决表示他不去文城了,态度之坚决以至于我老姨都骂他是个神经病,老姨说:"支持他们结婚的是你,现在结婚了,你个老家伙又撂挑子。"老周不做正面回应,说:"我说不去就不去。"罗单婚礼那天童威改口叫了老周一声"爸爸",听得老周当场老泪纵横。那天老周喝了很多酒,红着眼眶拉过童威说:"小童啊,我做梦都想回一趟文城啊。可是我不能回去呀,我没有那个脸。"

我们全家前往文城参加罗单婚礼的前一天,老周不告而别一个人回了扎尕那老家。原本我们以为老周只是随口一说,或许是心疼机票钱,到时候拽着他去机场就行,没承想老周是如此坚决。老姨摇摇头说:"算啦,他说不去就是不去的。"童威的父母都是退休老干部,为了响应廉洁号召,只请了三亲六戚,随便摆了四五桌。不过婚礼的排场弄得挺足,格调挺高。婚礼当天老周那个广西的老战友专程赶来庆贺,广西离文城挺近,高铁直达。广西的这个老战友姓农,农民的农,我第一次听说还有这样的姓氏。老农是上次在北方时候和罗单互加的微信,罗单在微信上给他发过电子的邀请函。不过他真的能来,罗单是万万没想到,有些感动。老农来参加婚礼穿着一套西服,跟他略显粗糙的外表有些不搭,老农认真地说,这是来参加婚礼而特意买的。然后老农继续语出惊人,说:"我想队长他绝对不会来文城,所以我这个当兄弟的必须过来帮队长家姑娘镇一镇场子。"我老姨问:"你怎么那么肯定老周不会来的,他打过电话给你?"老农摇摇头说:"这还用打什么电话,三十多年了,要来文城他早来了。"

四

我表妹罗单远嫁云南文城这事对我爸妈刺激挺大,按照我妈略显夸张的说法,我老姨在罗单嫁到云南以后整个人都蔫巴了,看上去老了十几岁。女大不中留,做娘的憔悴是肯定的。呕心沥血二十多年养大的娃说嫁人就嫁人了,而且还是远嫁。我妈经常在电话里跟我念叨,远嫁了,其实就是送人了。远嫁了,其实就是这个娃白给别人养了。我觉得我妈这话有失偏颇,不过我不能反驳,因为好多事实就真的摆在那儿。罗单远嫁后,老姨在云南小住过一段时间。童威喊我老姨"妈",说:"你就安安心心住下来吧。"可我老姨在来的第二天就念叨着要回去,搜肠刮肚找了一大堆借口。罗单当然知道这是借口,对老姨说:"你如果回去了,别人会说我不孝顺的。"最终老姨不得不搬出老周来进行道德绑架,说:"老周他浑身伤病,我要回去伺候着。"老周跟老姨打电话的时候嘱咐说:"你就安心在单单家待着吧,偶尔回家来看看我就行。"这样一来反倒更坚定了老姨回去的决心,女儿已经是别人家的了,只有老周才是自己的。

第二年春运的时候我给罗单打电话,问她啥时候动身回去过年。罗单说,春节就在婆家过了,年初四以后再回。我"哦"了一声没有再说什么,我有些理解老姨憔悴的理由。估计罗单怕我多想,又补充说:"年初一还有工作要做,要提着礼品去给生活困难的伤残老兵拜年。"罗单和童威结婚后,工作换到了退伍军人协会。本来罗单在童威亲戚家的药材厂干得好好的,人家待她也不薄。可干着干着罗单就发现不对劲了,她发现老板加工药材的时候使手段,以次充好,转而就找老板理论。那老板愤怒极了,说:"都是这么干的,我怎么就不能这么干呢?我不这么干,我怎么挣钱给你们发工资?"罗单太耿直了,眼睛里揉不得沙子。如此，罗单先后搅黄了老板好几单大生意。以至于老板也不顾什么亲不亲戚了，亲自将罗单送还到童威手上，愤怒地说："分不清哪头吃饭哪头拉屎。"可童威是支持罗单的，说："单单做得没错呀，开门做生意诚信为本。"罗单和童威小两口真是太耿直了，退伍没褪色。后来罗单就去了退伍军人协会，这个协会是童威他们退伍军人事务局下属的。童威说，罗单到这个协会工作再适合不过，爽快人就该和爽快人在一块儿。

年后我们公司遇到了前所未有的危机，大股东春节去了趟澳门，手痒摸了几把，输得倾家荡产之后从澳门塔跳下来。这对公司的打击是致命的，为了生存下去，也不得不降低身段，做起了以前一直看不上的广告生意。导师他有些关系，接了一些政府单位的单子，利润都不大，主要图个有事可做心里踏实。公司真正接到大单子，是在苟延残喘大半年以后了。兴许是给政府单位做了那么多宣传牌子做出了信誉，公司投标中了文城市政府的一个强边固防大项目，要在漫长的国境线上更新安装一套预警防控系统。项目之大，时间之紧，以至于公司不得不紧急招了一批刚毕业的本科生试用。导师将他的房子车子抵押贷款，有点破釜沉舟的样子说："公司活不活就看这一回了。"

我们一众人马杀去文城的时候，罗单和童威来接我。童威比以前更黑了，牙齿白得一闪一闪的，罗单看上去有些憔悴。我建议他们两口子说："结婚几年了，该想着造个娃了。"童威笑了笑说："早就想造了，可工作变动太大了。"我打趣说："网上不都说青年人有理想，积极造出了二胎，响应号召赶紧筹备第三胎。"罗单打岔说："甭提了，整天忙得颠三倒四的，哪有时间考虑造娃。"童威说："是呀，依目前这个形势看，只能舍小家为大家了。"我这人听不惯官腔，我摆摆手说："甭跟我说啥小家大家的，我也不懂。"

四月份的时候文城这边为了做好边境防控工作，专门从各个单位选调人手成立了强边固防工作队，到边境一线的村寨驻扎，强边固防和乡村振兴一起抓。这话有些官腔，换个说法，大漠孤烟直，长河落日圆，童威他镇守边关去了，驻守在一个叫玉竹坝的边境村庄做强边固防工作队的队长。

这个时候我表妹罗单又换了工作，换工作比换衣服都勤。退伍军人协会的工作不干了，毅然决然跟着童威来了玉竹坝。他们甚至租了个民房，把家都搬到了玉竹坝。罗单在退伍军人协会工作时，协助退伍军人事务局搞了一场退役军人专场招聘会，在招聘会上认识了一个叫小刚的退役老兵，认真一聊，小刚也是个新疆兵，以前罗单和他是一个连队的。小刚其实年纪挺小的，高中毕业的时候入的伍，从部队回来的时候也就才二十出头。羞涩，内敛，叫罗单姐姐的时候涨红了脸。招聘会上，罗单忙前忙后帮小刚选岗位投简历，最后小刚通过层层筛选去了文城边境禁毒大队做禁毒缉私专职辅警。小刚入职没几天，在边境上执勤的时候就遇上了突发情况。一伙偷渡入境的毒贩暴露之后开着车冲卡，被截停之后从车上朝着执勤人员扔出一枚手雷。小刚的反应最为迅速，推开旁人厉声喊卧倒，自己奋不顾身扑上前将手雷压在了身子底下。

于是小刚就这么牺牲了，他用血肉之躯替战友们挡下了大部分的手雷碎片和冲击波。送小刚烈士材料回家的时候，罗单跟着禁毒大队第一次到玉竹坝。小刚的父亲，曾经的民兵队长，早些年带领民兵边境巡逻的时候踩了地雷，丢了一条腿，拄着拐杖先给罗单他们泡茶，然后拐杖一横厉声让他们滚。小刚的母亲患有多年的精神分裂，小刚出事以后严重了，只会重复说两句话，一句是悲叹的，说："我小刚人太老实了，二十出头都说不着媳妇。"另一句是只对罗单说的，语气愉快，说："你就是我小刚找的媳妇？真漂亮啊。"

强边固防工作不好做呀，童威跟我说。文城这次专门选派强边固防工作队在边境一线驻守，肯定是有更加现实的原因，那就是边境防控形势又严峻了，主要是非法偷渡入境。我们公安机关在打击电信诈骗上下了狠心，为了敦促那些滞留在东南亚开杀猪盘搞电信诈骗的家伙回国自首，弄出个天才的"十一个一律"的惩戒措施来：不按时回国报到的，一律依法拟视情注销户籍，一律严格依法从重打击，一律冻结其所有银行账户，一律关停手机等通信业务，一律纳入失信人员黑名单，一律截断政策补助，一律依法追缴违法犯罪所得，对滞留缅北人员所获赃款赃物一律没收，对用赃款购置（建设）的房屋等大宗不动产依法进行查封、没收，一律从严政审，一律不为滞留缅北人员直系亲属就业出具无违法犯罪证明，一律不为滞留缅北人员直系亲属提供新宅基地及申报新建住房。

这个天才的"十一个一律"之所以天才，它算是正儿八经抄了搞诈骗家伙们的老底。你想啊，注销户籍不算，还要把你搞诈骗挣钱盖的屋子给查封、没收了。这事搁谁谁不慌啊，那肯定就得赶紧回。于是回国的方式就有很多种了，有明的有暗的。明的还好，前往边境口岸报到办手续。最怕的是他们来暗的，偷渡回国。挣着钱的可以花钱雇个东南亚的蛇头带路。没挣着钱的胆子大了，干脆铤而走险，单枪匹马闯边关。

童威跟我说，单枪匹马偷渡的人里也有高手，强边固防工作队刚到位的时候就遇到过一个。那家伙精瘦精瘦的，操着一口四川口音，实际上是个东北人。这家伙身手了得，一个人潜伏在边境线上，避开了边防巡逻队、民兵的卡点，光凭一把指甲刀就在边境线的铁丝网墙拆开一个口子摸了进来。不过最终也没能逃过我们边境人民的人海战术，摸进来没多久就被民兵巡逻队给截住了。截住之后这家伙立马变戏精，一个劲地哭，哭得肝肠寸断。铺垫好了，他才抹着鼻涕眼泪说他是诈骗集团骗过去的受害者。可实际上，后来调查清楚，这偷渡入境的家伙在东南亚是个非法雇佣兵。当然，不乏苦难人。我还听一个边境卡点的民兵兄弟跟我说的真实案例。有个贵州小伙子被网友骗去东南亚挣大钱，可一偷渡出境就被诈骗集团挟持了。先后跑了两次，也被抓回去了两次，第一次跳楼逃跑摔断了腿，被抓回去关了一个月的水牢。第二次逃跑被抓回去，五个指头被剁了两个，再用钉锤生生敲碎了三个。第三次逃跑，在丛林中连续跑了三天三夜不敢歇，若是再被诈骗集团抓到肯定是就地活埋。万幸的是他经过艰难跋涉还是摸到边境线来，抱着国界碑就不肯撒手，朝着边境巡逻的民兵兴奋地号啕："我有罪，我回来自首。"

遏制非法偷渡的同时，也要做好回国报到人员的有序入境工作，边境上各个乡镇能上的都上了，党政干部、民辅警、群众自发组建的边境巡逻队，甚至外县还专门选派了民兵队伍前来支援。主要还是防偷渡入境，这是个充满隐患的大问题。设卡阻拦、不定时交叉巡逻、铺设铁丝网、修建阻拦桩。童威跟我说，边境线的防控绞尽脑汁，可还是防不胜防。我调侃说："不容易呀。"童威说："可也没办法呀，都不容易。"我们公司这次下来文城干的项目跟童威干的事如出一辙，只不过童威他们的防控在于组织人手，而我们公司的防控主要负责技术层面的支持。公司这次准备投入在边境线上的实时预警防控系统特牛，在中标以后整个公司没日没夜加班加点因地制宜地编制程序，更新算法，运行调试了好些日子。实时高清监控、人脸识别、行迹跟踪自然不在话下，我们还增加了异物闯入报警、模糊报警、双语自动喊话驱离、紧急求助等模块。再配合着热感应报警器和无人机使用，基本上能达到我导师所承诺的全方位无死角的防控标准。我跟童威自卖自夸："你们文城这套防控系统安装得很有远见的，无论是如今的防范偷渡，还是禁毒缉私都大有用处。"童威说："你就吹吧，吹。"

因为童威这个工作队长是我妹夫的缘故，玉竹坝这个项目标段自然是我来负责再适合不过。童威开着车来文城市上接我下去，故作客套地说："边境防控对你和你的技术翘首以盼了。"我说："跟我就别冠冕堂皇的。"然后我问："罗单怎么没来。"童威莫名其妙跟我说："单单在玉竹坝上午有一场直播。"我开着车带着几个本科生跟着童威的车屁股，真快到边境一线了，防控的阵仗真让我有些震惊。县与县之间，乡镇与乡镇之间，村子与村子之间，每过一处必有卡点。过村卡点时，孤零零的一个岗亭向路延伸出一根拦路花杆。远远地看去，岗亭外有男人在烤茶，女人们在缝鞋垫，可车子走近了，他们立马变得警惕了，放下手中的活认真了。尽管掏出了工作证，可依然免不了被他们持体温枪抵着额头，严肃地发出哲理性极强的盘问："你是谁？从哪里来？要到哪里去？"然后扫码见绿，体温正常，登记信息方可放行。如此几次，我有些不耐烦了。停车休息的时候我跟童威抱怨说："你这个工作队长当得不称职呀，到你的地盘上竟然不可以刷脸。"童威笑笑说："就是因为我是队长，就更不能刷脸了。"

继续走，山脉变得硕大而高耸，往玉竹坝去的路还在向上盘旋。登高极顶，山高云矮，远眺而去，大片大片的云雾遮住低矮的群山，肆意地朝着天边铺张而去。山间起风的时候云海的运势最为壮观，一团云雾裹挟着另一团云雾在风中聚散离合，真形如波浪般，凭空舒展着，蜷缩着，一并簇拥着，一浪随着一浪无声地涌向群山的边缘。童威在一旁问我："感觉怎样？"我有些呆愣，说："壮美。"童威跟我介绍，玉竹坝的云海日出的时候才最漂亮。我有理由相信，不过我说："不信。"童威往我微信推了一条视频，一个衣袂飘飘的女子在日出之时在云海之上翩翩起舞，配上音乐特别有感觉。童威说："这个女的就是单单。"我有些讶然，说："不可能，我怎么没认出来？"童威说："你表妹单单现在可是有几万粉丝的小网红了。"我听得愕然，说："这丫头才没见多久哇，怎么就和网红挂上钩了呢？"童威说："你没见单单连工作都辞了，就是想到玉竹坝打造一个网红打卡点。"于是我脸上写满了讶然和愕然，问："然后呢？"童威站在云海之上，姿势有点像指点江山，说："文城是革命老区了，下一步我们要在玉竹坝打造一个红色旅游的宿营基地。"

好家伙，童威一跟我说什么什么基地的时候我就知道他肯定是在跟我开玩笑了。我打趣说："你家拆迁了？"童威嚇声告诉我说："有人给投钱啦。"于是我更加不可思议了，问："哪个土包子慈善家给她投的？"我所认为的这土包子慈善家正是老周那三个卖猪饲料的老战友。原本罗单是没这么大胆的，只想着在玉竹坝拍拍短视频，有了粉丝积累后开直播帮乡亲们带带货什么的。没承想那三个老战友真投钱了，给罗单给吓的，真金白银都到账了，罗单都不敢相信是真的。老战友们勉励罗单说："你就可劲干，每年有那么多老兵回文城，到时候都带到你那儿去。"完了，老战友们又说："啥时候这基地成了，把你爸也喊来，咱们兄弟几个跟年轻时候一样，再住上一回野战帐篷。"老周老周，又是老周，似乎罗单人生的每一个节点上都有老周。这老周绝了，有魔力。

我们到玉竹坝的时候，罗单的网络直播刚刚结束。她穿着件红白相间的汉服，脸上白一块粉一块化得跟鬼一样，见到我时捂住了脸，说这都是直播美颜的需要。罗单说，刚刚直播带货的时候有人一次性跟她买了十筐土豆，看收件人信息的时候才知道是老周。我说："你赶紧闭嘴，老周是你能叫的？"罗单跟我吐了吐舌头。罗单的创业挺不容易的，何况是在玉竹坝这个如此偏远的地方，更何况还顶着个遭驴踢的脑袋。原本罗单跟童威来玉竹坝就是单纯来看望小刚母亲的，小刚牺牲后他母亲认定了罗单就是她儿媳妇。罗单送小刚的烈士材料去玉竹坝返回的第二天，小刚母亲赤着脚走了几十里山路到县公安局报警说："我那儿媳妇被坏人拐走了。"于是罗单决定趁着童威到玉竹坝做工作队长的机会，来陪一陪小刚的母亲，怕她想不开。小刚是埋进罗单心里的一根倒刺，一想起就会疼。明知道不该想还是想，明知道用不着内疚可还是会内疚。罗单红着眼睛跟我说，如果不是自己鼓动小刚去做专职辅警，小刚兴许就不会牺牲。小刚是个英雄，他们总得做点什么。我见过小刚母亲，不同于一般的精神分裂患者，她的形象整洁，只不过眼神有些呆滞，行动有些木讷。她穿着一件花衬衫，扎着两条粗亮麻花辫，双鬓见白。其实小刚母亲的精神分裂是充满矛盾的，上一秒跟罗单一脸欣喜地说："你就是小刚的老婆，也就是我的儿媳妇。"下一秒又一脸悲伤地跟罗单认真地说："我知道你不是我儿媳妇。"小刚母亲的精神分裂是人为导致的，小时候眼睛尖，在边境线上的山上割猪草，不慎看见了对面的山沟里毒贩杀人，被吓的。

　　玉竹坝风景优美，罗单拍了几段视频上传到自媒体平台，没承想反响还挺好，圈了一些粉。都说这短视频创业风口要让猪飞舞,罗单也想飞上一回,心想着把短视频做好,也可以帮老乡们带带货什么的。退伍军人协会的工作是干不下去了,罗单总会在一百个退伍军人身上看到一百个小刚,索性跟着童威来了玉竹坝,租了小刚家的一间偏房装修了一番当工作室。租房子的时候小刚父亲有意见,说:"要住就直接住,虽然小刚不在了,但我也用不着人可怜。"罗单说:"我这是短视频平台创业,就是在网上做生意。"小刚父亲疑惑了,说:"绝对脑子有问题,跑这么偏远的地方做生意。"直到罗单开直播带货,首单用了十分钟就将小刚父亲的茶叶卖完,拿着钱交到小刚父亲手上的时候他才安了心。罗单担心小刚父亲多想,抽了几十块钱,说:"我帮你网络直播卖货,按比例抽成。"罗单做短视频摸到了门槛,成天挖空心思想创意写文案,可总是拍一些云海风景的,多了容易审美疲劳。这时候以前在退伍军人协会工作时认识的一个老兵给罗单出主意了,说:"文城是革命老区了,你不妨做一些红色故事的视频。"这主意挺好,挺主旋律的。说干就干,可真这么干了,困难就接踵而至。主旋律这题材最难的是把握不了那个度,轻了重了都容易惹争议。为此遭到了不少恶意举报,甚至还收到过恶意私信,强烈指责她消费红色情怀牟取私利。罗单就是有股子犟劲儿，认定了方向，有困难也要上，没困难制造困难也要上。罗单观点鲜明地说："我干的这事，起码对得起我自个儿。"

我想正是因此，老周的那三个老战友先是看重罗单这个人，然后才给她投资做宿营基地的。做宿营基地的困难是超出想象的，而且这样的困难是实打实的。罗单这遭驴踢的脑袋本就不适合做生意，心慈手软不擅算计。跟当地人租地的时候，行情价是一百块钱一亩，二十年起租。可罗单这家伙站错了立场，替村民算了一笔账，一百块钱一亩二十年也就两千块钱，这不是坑害人家嘛。于是罗单小手一挥拍，定了，她要给村民涨租金。于是罗单在当地人眼中坐实了罪名——恶意抬高地价。为此，罗单停在村口的车的车胎先后被扎了几次。可这又能怎样呢？罗单这死丫头从小就是属牛的。

五

来玉竹坝有些日子了，边境的蚊虫可把我咬得够呛。这里的蚊子毒得很，细小细小的花屁股，一叮一个水泡，不是疼而是辣，关键还特痒。清凉油没用，童威给我支了个偏方，用烟灰兑上酒精涂抹以毒攻毒。童威算是在边境防控上干出经验来了，为了铺设防控设备的光缆，我跟着他到过所有他分管的边境卡点站。往往边境一线的卡点都设置在远离人迹的荒野，两人或四人轮班值守。水电刚通，每天有专人负责送菜，做饭、睡觉都在卡点。驻守久了，都知道我们的边关已是铜墙铁壁，其实铤而走险的人不多，所以驻守卡点最大的难题是孤独。想玩手机排解一下吧，可没网络信号。就算有网络信号，也要尽量避免使用手机，因为卡点往外几步就是边境线。网络信号一打开或者接个电话，行程跟踪就会显示你非法出境然后又非法入境了。

条件很艰苦，一个活动板房和一根拦路花杆，民兵轮班值守。苦中作乐，一民兵兄弟写了副对联贴在门口，上联"但使边关飞将在"，下联"妖魔自挂东南枝"，来个横批"都进不来"。另一个民兵兄弟告诉我，他每天要绞尽脑汁给另一个民兵兄弟取十个绰号，狗蛋猫剩驴踢早就用过了，最近新想了绰号叫苏东坡或者李太白。还有一个民兵兄弟无奈地告诉我，幸亏来的时候带了本女儿的《唐诗三百首》，如今已经能倒背如流。寂寞倒是能想法子消解，可其他的困难就只能克服了。比如边境线上那些无处不在的蛇虫鼠蚁，多得令人抓狂。有些边境卡点的蚊子多，有些边境卡点蛇多，有些卡点蛇虫鼠蚁都多。防蚊虫的偏方是维生素B和花露水兑上水，喷洒在卡点周围。相比于蚊子，最令人毛骨悚然的是蛇。童威使出了在部队时候所学，雄黄加大蒜水，可收效甚微。有一卡点叫摸蛇谷，蛇之多，有一回一个民兵执勤回去掀开被窝，两条纠缠在一起的花蛇在激烈地交媾。童威说："还是多亏了老岳父哇！"防蛇最有效的方法是老周给传授的，那便是在卡点养上一只大白鹅。首先蛇对大鹅的粪便异常敏感，其次是大鹅的领地意识特强烈，驱蛇赶虫奋勇争先。最后这嘎嘎叫的大鹅还是个称职的哨兵。我说："看来老周这战斗英雄是挺能战斗的，关键时候见真东西。"童威点点头说："那可不，他不仅是我老岳父，他还是我的老前辈。"

我这妹夫童威在吃苦耐劳方面是没得说的，大部分时间和边境卡点的民兵兄弟同吃同住，偶尔也会住在村委会工作队驻地。年轻气盛想媳妇了，身上冒着蓝幽幽的火苗，可还不能光明正大去找罗单。大多数时候要夜深人静去敲门，少数时候心急火燎去翻罗单窗户。小刚的母亲将罗单这个儿媳妇看得死死的，她偏执地认为童威这家伙是罗单的姘头。一天晚上童威刚摸进罗单的房间，小刚母亲就扯开嗓子喊人了："抓汉了，抓汉。"这事差点让我笑死，我跟童威说："自己的老婆，怎么就变成偷了呢？"童威一脸正经看着我，认真地说："偷就偷吧。首先要善待小刚的母亲，无论她怎样。"

我们请了工人，成天在边境线上忙。工作流程大致是，铺设光缆，立桩，安装设备，然后回到后台中心的终端逐一调试监测设备的角度以及灵敏度。安装的过程其实不难，只要人手充足一切好办。最难的是终端调试，因为特别烦琐，七八百台热感报警仪和六七百个警戒器都要逐一调试。这可坑惨了我带来的那几个本科试用生，我将他们扔在边境线上，我回后台终端，然后打电话指挥他们进入警戒范围，进而测试防控系统的异物闯入自动报警功能。几天下来他们累得够呛，脸都被晒蜕了皮，想辞职不干，幸亏我给出的帮助他们转正的条件很诱人。我这边倒是还好，虽说蚊子多一点，但是玉竹坝海拔高，相对凉爽。我导师那边就凄惨了，他带着人马去的那个标段是个海拔只有一百多的湿热河谷，活脱脱一个大蒸笼。不仅蚊子多，蛇虫鼠蚁也泛滥。导师在野外只觉得后颈温热，一摸便是一长条吸饱了血圆滚滚的山蚂蟥。撒点盐巴将蚂蟥弄下来之后，伤口流血止不住，失血性休克。底下的几个试用生看这形势有点熬不住了，收拾行李就跑。可没跑出多远就被卡点的民兵给截住了，试用生们操着一口外地人的口音，堵卡的民兵警惕地以为他们是在境外借道偷渡过来的。

在调试设备的时候我还真遇到过偷渡的，首先是热感报警，再看看终端反馈却没有异物闯入报警，本以为是故障，可热感一直在报警，我只得放出无人机去看看。我的无人机画面切到报警位置的时候，却发现民兵巡逻队早就到达了现场，正在进行喊话驱离。我就纳闷了，这人还能干得过机器？后来他们跟我背起了毛主席语录，说："人民战士就是那无敌的力量。企图偷渡入境的那家伙大老远过来就被我们在地里给玉米放肥料的村民发现了，然后立马打电话汇报了。"最终非法入境那家伙在边防站使了三瓶开塞露，整整拉出了半斤海洛因。童威说："咱们这儿是村村都是哨所，人人都是哨兵。"童威还跟我回顾了一段历史，早些年这儿边境禁毒缉私形势特严峻，都是靠着军民联合一点点哨下来的。我跟童威说："老周年轻时候搞缉毒就到过这里。"童威说："我爸他也打电话跟我说过好几次。"

前一天童威跟我说人民群众有力量的时候，我还听得眼眶发胀感动至极。可转天我就发现这听人说话还是需要用上辩证法的，要一分为二地看待。好巧不巧，还真就让我遇上了。还是在边境线上安装设备这事，本想着打完最后一根桩安装上设备，我在玉竹坝这个标段的活就完工坐等验收了。可这最后一根桩老是打不下去。我们雇的师傅里有个四川人,跟我说:"我嘞个乖乖,莫不是遇上捣乱的喽。"这最后一根桩的位置是我特意实地勘测过后才选定的,那位置有些特殊,是个山洼子,唯一的高处也就是打桩安装设备的唯一位置。问题的症结就出在这位置上。这位置往东是一座坟,这坟的造型怪异得很,前不着村后不着店孤零零的一个低矮小土包,土包前面立着块硕大的青石碑。而青石碑上却又是不落一字,空空如也。不过这坟被附近村民打理得挺好,月台前镶了石板,供台前放着一对苹果,看上去还挺新鲜。附近的村民都管这坟叫作"飞将坟",口耳相传的传说有点八竿子打不着,说这里头埋着古时候的飞将军李广,心诚则灵,有求必应。村民们自发给县政府先后打过几次报告,要求拨一笔钱下来修个飞将庙。县政府初还以为是座古墓,专门找了县文物所的专家来看看。专家看完摇摇头说:无论是从形制还是封土,这坟都太新了,五十年都没有。确定打桩位置的那天,附近村寨的村民就过来阻挠,说我们打的这个桩影响了飞将坟的风水。现实情况却是我们打桩的位置距离那坟百来米,完全互不干扰,可无论怎么跟村民解释都无用。他们形象地说,在你家门口竖根杆子挂个白灯笼你能愿意?他们还贴切地说，在你家门口挂只眼睛随时盯着你，你能愿意？我听得有些晕，村民们哪里学来的比喻？用得贴切，用得无懈可击。

所以这事还得请童威来，我一再跟童威强调说，一定要让他们知道安装设备和边境防控的利害关系。童威白了我一眼，说："这还用你提醒。"可童威带着工作队亲自上门去了，也碰了一鼻子灰。问村里的年轻人："那坟是谁家的？"答："不晓得。"于是更疑惑了，再问："既然都不晓得是谁家的，你们阻挠人家安装设备干啥？"其中一年轻人说了："是张老汉喊我们去阻挠的。"张老汉？意思那坟是张老汉的？另一个年轻人说了："不是，你管谁家的，反正那坟就是我们村子的。"张老汉其人德高望重，那地位类似于我们在电视里演的头人族长。张老汉已入耄耋，干瘦，佝偻，瘸了一条腿。张老汉的大名在边境一线可算响当当，早些年是民兵队长，协助边防部队巡逻、搜山、侦查情报，破了很多贩毒走私的案子。名声太大遭了毒贩的报复，先是把他十四岁的儿子抓了去，再无音信。这还不够，后来贩毒集团派人来割走了他一只耳朵，挑断了他的脚筋。张老汉这人算是大义凛然，为边境防控做出过重大牺牲了，我实在是想不出他三番两次阻挠我们的理由。我跟童威他们工作队去张老汉家拜访时，他正坐在堂屋门口的一把太师椅上，一张斑驳的脸上目光炯炯，看上去形象有些庄严。童威作为工作队长第一个开腔了。童威酝酿着腹稿嘴皮才颤了颤，张老汉就厉声说："小子，你给老子闭嘴。"然后张老汉继续厉声警告说："无论是谁，敢动那坟的风水，我跟他拼老命。"这时候工作队里一小同志似乎抓住了破绽，插了一句嘴，说："大爷，封建迷信要不得，还风水。"于是张老汉喘了喘举起拐杖指着小同志，怒目圆睁愤怒道："你懂个麻雀。"

我们在张老汉这儿吃了瘪，可工作仍旧得干。最后一个桩打不下去，我们的防控系统就是有漏洞的。若是放过那个位置，就得另外多打十多个桩作为补充，所以那个位置那根桩是非打不可的。最好童威他们工作组能把工作做通，再不济童威能申请来行政命令。我跟导师打电话时汇报了这事，我导师云淡风轻说："这好办，问清楚诉求，要东西给东西，要钱实在不行就打发点钱。"可我不敢冒险，人家张老汉七老八十的，能有啥诉求。摩擦终究还是发生了，我雇的工人师傅为了打完最后一根桩尽早结工钱，擅自带着几个人开工了。工程设备响起来的时候，张老汉让村里的年轻人背着他火速赶过去阻拦。我和童威的工作队闻讯赶过去的时候，两边人唇枪舌剑正在兴头上。工人师傅们只想早点干完活，有一句没一句搭着张老汉的话。可张老汉那气势完全是奔着拼命去的，瞪着俩眼轱辘挥舞着拐杖，激动得像只斗鸡。也幸亏村里的年轻人帮忙拦着，否则有理由相信张老汉真会冲过去和工人师傅们干起来。村里的小年轻是分得清利害的，摩擦的消息就是他们给工作队打电话报告的。童威带着工作队赶过去制止的时候，张老汉边骂边喘着粗气。我赶紧让工人师傅们停了机器赶快回去，工人师傅们跟我讲："都是那老头儿一个人在骂。"我看童威的样子也无奈至极，直截了当就问张老汉说："大爹，你有什么想法就直接跟我们说，能解决就给解决，一次两次来阻挠施工可不行。"于是张老汉更加愤怒了，下巴打了个哆嗦，假牙掉出来用手接住，然后直接扔向童威，愤怒道："想法，我能有什么想法，我倒是想问问你们，你们几个小崽子到底有什么想法。"

张老汉正在气头上，我们明智地不能回嘴。只见张老汉举着拐杖指了指，我们往指的方向看去，是那座坟。张老汉没了假牙声音反倒是更加洪亮了，激动地说："你们知道那里面住着的是谁吗？里面住着的是我们的烈士，缉毒英雄，若是谁敢打扰了英雄的清净，我就跟他拼了这把老骨头。"张老汉一番话说完，全场立马肃静了。我们耳中还在回响着张老汉刚才的话，我们丝毫不会去怀疑一个耄耋老者口中说出的话会有假。不过我们仍心存疑惑，烈士不都在陵园吗，怎么会孤零零地待在这边境的荒野？

那坟里埋着的，不仅仅是烈士，还有张老汉的儿子。

张老汉的儿子叫张阿甲，贩毒集团把他掳过去之后没有急着杀他，而是通过张阿甲来威胁张老汉充当"双响炮"。后来贩毒集团被剿灭的时候，张阿甲已经被贩毒集团卖到另一个贩毒集团做了"架马槽"。后来经过多方面工作，张阿甲成了警方潜伏在贩毒集团中的线人。联合扫毒行动前夕接到任务，将贩毒集团老巢的火力配置想办法交接给抵近侦察的我方狙击小组。不过这次张阿甲暴露了，贩毒集团派人取来张老汉的一只耳朵，以此威胁。张阿甲战战兢兢最终还是将狙击小组的位置出卖了，说放马的时候看见了几个形迹可疑的人。按照贩毒集团的规矩，张阿甲这样的内鬼应该被砍头的。可贩毒集团紧急转移的时候需要张阿甲牵马，暂时留着他。联合扫毒行动全面收网的时候，张阿甲占着熟悉地形的优势趁乱逃了出来。

被他出卖的狙击小组在边境上据守险要，打得很惨烈。战斗打响的时候，张阿甲正好躲在悬崖之下，头顶是密集的枪声。一个毒贩吸了毒，打疯了，身上捆着炸药冲上去企图同归于尽，被狙击小组的一个战士冲上来抱着腰双双滚下悬崖，坠地之前在半空爆炸开来。后来毒贩们的火箭弹拖着长长的尾巴在狙击小组据守的高地炸开一团血雾，一条血淋淋的胳膊落到张阿甲面前，然后一根脚指头正好砸在他的额头上，张阿甲在血雨腥风中晕了过去。紧接着，头上的枪声更密集了，是我们的支援来了。因为狙击小组的提前暴露，这次收网行动战斗打得很激烈。打散掉的贩毒武装趁着大雨隐进丛林中负隅顽抗，一直到了第二天天晴了，搜救队才有机会下到悬崖之下去搜寻战士的遗体。可到了悬崖之下，哪还有遗体的踪迹。夜里下大雨发了山洪，一切踪迹都被洪水裹挟而去。

实际上，两个牺牲的战士是被张阿甲给收殓的。张阿甲被夜间的大雨给浇醒，匍匐在悬崖底下将支离破碎的遗体一块一块地拾进背篓里悄悄给背了回来。张阿甲回来的时候张老汉就知道了，他的儿子肯定反了水。可张阿甲回来放下背篓的那一刻，卸了力气就倒了，翻过身来，满背的肉都被土铳的铁砂坑坑洼洼打烂了。当时为了配合扫毒行动，村里的民兵都派出去搜山了，张老汉又丢了一只耳朵瘸了一条腿，就这么看着张阿甲一点一点流干了血死在自己面前。张阿甲将死的时候躺在张老汉怀里,气若游丝地念叨:"爹,我没种。"张阿甲死后,张老汉有想过报告给边防部队的,但是想了想又罢了,他的儿子张阿甲已经死了,绝不能死了还要背负叛徒的骂名。人的后事是绝对不能拖的,天气又炎热,只好悄悄下葬。张阿甲和他背回来的遗体被张老汉用毯子裹着一块入了土,这一晃就是三十余年。入土立碑的时候选了块大青石板,上面没落一字。一方面不知道该怎么落,不知道姓名。最重要的一点,没有什么比挖坟鞭尸更令人绝望的,无论是反水的张阿甲还是因为张阿甲反水而牺牲的战士,都是毒贩们深恶痛绝必须报复以儆效尤的目标。

往后三十余年,张老汉注定是要在内疚中惶恐度过的。现在村里人对这座坟的来由知晓不多,没人多问,张老汉也不爱多说。年纪大了编个故事也像真的,有人问就说那里面躺着的是飞将军李广。从此村规民俗中多了一项,逢年过节的时候去墓前烧一烧纸,能求得保佑。清明时节到墓前挂一串白灵,当地人都知道镇守边关的叫作飞将军。张老汉说完这坟的来由后,童威看了我一眼,我在童威看我的时候也看了他一眼。我们眼眶都有些红,我们几乎在同一时刻想起了老周。童威和我一起看向张老汉,张老汉在说完这些之后，如释重负似的弓下腰掩住一脸的木色。

这是我第一次看到一个人，以肉眼可见的速度枯萎。

六

老周真的来云南，是第二个月的事了。

电话是我当天给老周打过去的，或许是打急了。我对老周说："我们找到你的战友刘大年啦。"至于刘大年这名儿，是童威引导张老汉回忆的时候想起来的，当时收殓的时候，他在一块残破的衣领上模糊看得见一个残缺的名字叫作"刘大×"，不过番号和血型看不清。其实刘大年这个名字是我激动过头张嘴给添的，老周在接到我电话时候明显是不相信的，急切地问我："刘大丰，你他妈是怎么知道刘大丰的？"我再重复："是刘大丰，我们真的给你找到刘大丰啦。"于是电话那头没声儿了，然后忙音。当天晚上老姨给我打来电话，张口就是臭小子，然后愤怒地质问我说："你跟老周打电话都说什么了，他现在人已经被吓倒了。"老周在得知消息后紧绷的身子瞬间疲乏下来，神神道道跟我老姨说："立刻，马上，咱们出发去云南。"老姨当时还不明所以，说："发什么神经。"下午，老周冲到卫生间剧烈呕吐，直至昏迷不醒被我老姨发现呼天抢地送去医院。也没啥大毛病，就是急火攻心，不过还是养了大半个月。

住院期间特意找医生开了证明，不然他腰椎上卡着的那块弹片过不了飞机安检。

张老汉没有再阻拦我们打那最后一个安装设备的桩，只是我们施工的时候他站在边上看看我们再望望边上那座坟，发出一声接着一声深长的叹息。童威联系了文城武装部和退伍军人事务局，要将烈士的坟迁回陵园去。在迁坟之前联系了法医部门，要将坟里的骨殖分开。电话里老周说，另一个牺牲的兄弟叫吴林，挺棒的小伙子，谎报年龄参的军，牺牲的时候其实刚满十八岁。我们安装设备的时候，村里人来帮我们扯光缆。一个妇女看我指挥得当，以为我是工作队的，拉过我到一旁，犹豫了一会儿说："那个坟可不可以不迁走？"我愣了一下，问："为啥呀？"妇女扭捏了一下，说："突然就把坟迁走了，心里总觉得空落落的，以后烧纸上香都没个求保佑的地方。"我吃惊之余，说，我只是个安装设备的。妇女嚅嗫地"哦"了一声，然后我看见她的目光瞟向一旁拄着拐杖的张老汉然后又看向童威。童威犹豫了一会儿，说："其实张阿甲，也是个英雄。"张老汉始终远远地跟我们保持距离，眯着眼，朝我们笑了笑，然后又点了点头。张老汉是在当天夜里去世的，喝了农药。自绝之前他到坟前磕头,额头都捣烂了,回来就喝了甲胺磷。甲胺磷是张老汉早就准备好的,大瓶的,已经过期了十多年。他先是喝了一碗酒,然后将甲胺磷对瓶吹了个干净。

我们公司在边境一线的项目,中国速度,全线完工比预期时间提前了大半个月。不过仍旧要继续坚守岗位不能撤回,还得留下一段时间,教会工作队的技术员如何正确使用和维护防控系统。公司全体人马在县上的饭店胜利会师,你看看我我看看你,都黑了,都瘦了,大伙儿都粗粝了。我导师聪明绝顶的脑袋全秃了,在灯光底下亮闪闪的。导师摸摸脑门跟我们着重强调说,在边境上太热了,索性就自己剃了,是自己剃的。导师对边境村民一改以往所有的看法,在庆功宴上提了好几次说,边境村民不容易呀,边境村民了不起。我也是后来才听说的,我导师带领人马去了那个湿热河谷地带,边境上是密密麻麻的咖啡树和香蕉林。当地人一听是来安装防控系统的,二话没说,自发将正值丰果期的咖啡和香蕉砍了一圈出来,好让施工队的工程设备进入。

老周和老姨来云南的时候是我开车去机场接的。罗单的红色旅游宿营基地处于收尾阶段,忙得不可开交。而童威更忙,边境防控形势一阵一阵的,我前几天看见他带着工作队在各个边境卡点巡逻,满嘴都是血泡。老周下飞机的时候穿着一身老式军装,身上背个挎包,这是我从未见过的造型。老姨跟我说:"这军装质量真是好,压箱底了几十年拿出来还跟新的一样。"老周朝我笑了笑,始终一言不发,背着手在我们前面走,老周走的每一步都有些小心翼翼的,给人一种恍若隔世的样子。在车上老周凝着眉头倚着车窗,依然一言不发,望着窗外匆匆退后的景色出神。一路上都是我跟老姨在东拉西扯地聊,我老姨还是没能逃过越老越唠叨的规律,跟我发了一路的牢骚,火力全开,先是吐槽罗单这个死丫头一年多快两年都想不起来回去看看她这个老娘。我说:"这不是遇上特殊情况,想回也回不了,而且他们还干着边境防控工作。"于是老姨转换了方向,又跟我唠叨罗单这小白眼狼大老远嫁来云南,她跟老周老两口的日子过得如何惨不忍睹。关键是罗单这死丫头结婚几年都不知道给她这个老娘生个娃娃带着玩玩,真是个小白眼狼,自个小家都顾不了,还边境防控顾大家。车子驶入文城界的时候老周终于说话了,他斜眼看老姨的时候干咳了下,然后厉声说:"你闭嘴,净说废话,他们年轻人就该去干点年轻人的事情。"这次老姨没有跟老周胡搅,立即噤了声儿。老周认真了，神情很骇人，看着淡泊无恙，再看却凛冽十足。

老周的老战友们比我们早到玉竹坝，这里面充满着神秘的默契。来云南之前老周特意交代不准告诉他的老战友，主要是给刘大丰和吴林两个兄弟迁坟的日子还没定下来。可我们到的时候老战友们已经在罗单的宿营基地搭着帐篷，美其名曰项目是他们投的，现在过来视察项目进度，然后将话锋转向老周，说："建功你个老家伙终于来云南，也不知会一声，太不够意思了。"更加默契的是，老周下车来，老哥几个穿着同样的老式军装。

其实老战友们来玉竹坝遇上老周，哪有那么多巧合，实际上就是巧合。老战友们退休了没事干，弄了三辆大猛禽，带上自家老太太，整了个建党百年红色中国自驾游的活动，从陕甘宁出发一路往南，到川陕、鄂豫皖，再到闽浙赣、井冈山、湘鄂西，最后一头扎向大西南。本想着最后一站要到云南边境上看一看年轻时候守卫过的界碑，不过边境管控太严格，中途被卡点站的工作人员给劝返了，就只好转道来看看罗单的露营基地。老战友们没想到罗单的宿营基地的建设是如此高效率，罗单汇报说，已经开始有学校预订，要在暑假的时候带孩子们来宿营，进行爱国教育。老战友们很欣慰地说，本来是钱多了手痒支持一下老周家姑娘，没想到还真没看错人。童威后来跟我说，这帮前辈太有意思啦，在卡点站被劝返，转身回去买了一皮卡车兜的奶制品送到工作队的驻地来。工作队是坚持不能要的，于是老战友们有脾气了，说："帮帮忙，给在边境卡点的战友们送去。"于是工作队没有理由再拒绝，登记捐赠手续的时候老战友们拒绝提供姓名，说："就写曾经边防部队一老兵。"童威代表工作队郑重地给老战友们敬了个军礼，老战友们回了个军礼说："我们年轻的时候跟你们一样，扎在边关，立作城墙。"

当晚罗单的宿营基地迎来第一场联欢会。小刚父亲贡献了一只黑山羊，他逐渐懂得了罗单短视频的益处，牵着羊跟罗单非常时髦地说，最好还是能开个直播，让家人们一起吃。小刚的父亲受罗单的影响，近来对网络直播很上道，正鼓动罗单帮乡亲们卖茶叶和鸡蛋。小刚的母亲抱着那只她养了五六年的老母鸡，一声不吭蹲在墙角盯着老周和几个老战友看了很久。有时撇嘴，有时笑。老周他们被看着不自然了，小刚母亲抱着老母鸡跟罗单说："宰了，煲汤给小刚的朋友们喝。"我带着我们公司那几个手下临时充当服务员，负责烧鸡和烤羊腿。小刚母亲的老母鸡肯定没舍得宰，罗单接过去之后就放了。童威一直没能来打照面，边境防控形势又严峻了，一阵一阵的，边境一线的工作人员随时战备状态，枕戈待旦，日夜坚守在边境卡点一线。

我们大家围在篝火边，老战友们唱歌，老太太们跳舞。老周也加入其中，不过心事重重，动作笨拙嘴巴木讷。就在今天，法医部门那边传来消息，刘大丰和吴林两位英雄的骸骨通过跟亲属的DNA比对吻合。老周得知消息的时候神情复杂，不知道是如释重负，还是愈加沉重。我想，老周的心情可能更倾向于后者。老战友老农，不知道从哪里弄来把口琴抿在嘴上，全场肃静的时候篝火燃得噼啪响，老农吹起了一曲《莫斯科郊外的晚上》。真好听，悠扬而哀婉。曲子吹罢的时候大家都还在回味，老周笨拙地率先拍巴掌，激昂地喊了声："好！"这时候我眼前有些恍惚，我分明看见老周喊好的时候眼角有两颗泪珠吧嗒落了下来，然后我看见他胸前多了几枚军功章。边关的夜色是多么清朗，老周胸前的军功章和天上的星星遥相呼应。小刚的母亲，这时候悄无声息走到众人面前，一声不吭盯着老周和几个老战友看。场面肃静的时候，小刚母亲看着老周说："我怎么越看越觉得你们像我儿子。"小刚父亲要起身劝阻，小刚母亲又说："我的儿子叫陈刚，他也和你们一样。"